歴史文化ライブラリー

94

万葉集と古代史

直木孝次郎

吉川弘文館

目次

史料としての万葉集——プロローグ

万葉集は古代文学の至宝であるが、古代史にとってもかけがえのない史料の宝庫である。よく知られているように総歌数は長短歌あわせて四千五百余首、作者は天皇・皇族や藤原・大伴などの貴族はじめ上級・下級の官人、僧侶、農民や農民出身の防人《さきもり》、それらの妻をふくむ各級層の女性など、当時の社会の階級の大部分に及んでいる。私たちは万葉集の歌の多くが作られた白鳳《はくほう》・天平の時代の様相を、この歌集によって具体的に知ることができる。

万葉集と日本書紀・続日本紀

しかしそのすべてについて語ることは私の任ではないし、かりにできたとしても、この小冊子には収まりきらない。万葉集によって知れるところを政治・思想・社会の三分野に分けるとすると、主として政治の面について述べてみたいと思う。さきにふれたように万葉集の作者には、天皇・皇族・貴族など、政治に直接関与した人びとが多く、政治の機微にふれると思われる歌が少なくない。この点は、藤原氏とくに摂関家が政権を独占するようになる平安時代中期以降に編まれる勅撰和歌集との、大きなちがいではあるまいか。万葉集には政治史の史料としての面白さが、多分に蔵されているのである。

万葉集の歌が作られた白鳳・天平の時代と重なる歴史書といえば、いうまでもなく日本書紀と続日本紀が主要なものであるが、続日本紀が主として扱う八世紀はもちろん、日本書紀も七世紀後半の白鳳期に相当する部分は、当時の詔勅・法令あるいは地方官の報告書等にもとづく実録的な記事が多い。伝説などに依って作為されたところは比較的少なく、史料としての信頼性は高いのであるが、その代り記述が平板で面白味がない。また詔勅などは表面を飾っており、政治の真相はその影にかくれていることがある。政治的大事件に際して、関係した人びとの切迫した行動や心理などには、あまりふれられていない。

それでも日本書紀はまだましで、たとえば斉明天皇四年（六五八）十一月条では、蘇我赤兄《あかえ》の謀略によって謀反・挙兵を決意した有間《ありま》皇子が、赤兄に捕えられて、紀温泉《きのゆ》にいる中大兄《なかのおおえ》皇子の前に引きだされた時の情況を正確な史実かどうか問題があるが、つぎのように叙述している。

是《ここ》に皇太子、親《みずか》ら有間皇子に問ひて曰はく、「何の故か謀反《みかどかたぶ》けむとする」と。答へて曰はく、「天と赤兄と知らむ。吾全《もは》ら解《し》らず」と。

有間皇子はこの問答の二日後に紀伊国藤白《ふじしろ》坂で絞殺される。同じく謀反の疑いで天武天皇の没した朱鳥元年（六八六）九月九日から二十三日後の十月二日に捕えられ、翌三日に刑死した大津皇子については、つぎのようである。

皇子大津を訳語田《おさだ》の舎《いえ》に賜《みまからし》死む。時に年二十四なり。妃皇女山辺《やまべ》、被髪《かみをみだ》し徒足《すあし》にして奔赴《はしりゆ》きて殉《ともにみまか》る。見る者皆歔欷《すすりな》く。

どちらの場合も書紀の叙述は簡潔であるが、前者では事件の背景となる政治の暗部を考えるよすがとなり、後者では聡明な皇子のにわかな死の悲劇性をきわだたせている。

万葉集のおもしろさ

しかしその思いは、万葉集にみえるつぎの歌を読むとき、いっそう深まるだろう。

有間皇子、自ら傷《いた》みて松が枝を結べる歌二首

磐代《いわしろ》の浜松が枝を引き結び真幸《まさき》くあらばまたかへり見む

家にあれば笥《け》に盛る飯《いい》を草枕旅にしあれば椎の葉に盛る　（巻二—一四一・一四二）

大津皇子、死を被りし時に磐余《いはれ》の池の堤にして涙を流して作らす歌一首

百《もも》伝ふ磐余の池に鳴く鴨を今日のみ見てや雲隠りなむ　（巻三—四一六）

万葉集はまた大津皇子に関してつぎの歌も採録している。

大津皇子、窃《ひそ》かに伊勢の神宮に下りて上り来る時に、大伯《おほく》皇女の作らす歌二首

我が背子を大和へ遣るとさ夜ふけて暁《あかとき》露《つゆ》に我が立ち濡れし

二人行けど行き過ぎかたき秋山をいかにか君がひとり越ゆらむ

（巻二—一〇五・一〇六）

この歌のいくつかについては改めて考察を加えるが、これらの歌によって私たちは事件の性格や当事者の心理の理解を深めることができるであろう。万葉集は日本書紀とは別な

角度から照明をあてているのである。

続日本紀のあつかう時代になると、政治に直接かかわる天皇・皇族・貴族の歌は日本書紀の場合（ただし七世紀中葉以降）ほどは多くはない。続日本紀と万葉集の関係は、日本書紀と万葉集の関係ほど興味ある例は少ないと思われる。しかし一方、続日本紀の叙述は日本書紀のそれよりいっそう客観的・即物的となり、事件そのものはドラマティックでも、事件を記す編者の筆はきわめて抑制的で、事実の羅列に終始することが多い。例を挙げるのは省略するが、その点で万葉集の果す役割はやはり大きいのである。

このように万葉集は七世紀中葉から八世紀中葉にいたる古代の政治史の史料として、きわめて重要である。

かつて北山茂夫氏は、この一世紀の政治と社会を、万葉集を史料として利用しつつ論じた論文集を『万葉の世紀』と名づけた（一九五三年、東京大学出版会）。北山氏の驥尾《きび》に付して、私は私なりの立場から万葉に倚《よ》りかかって、白鳳・天平一〇〇年の政治の曲折を考えてみようと思う。なお引用する万葉集の歌の訓みは、おおむね小島憲之・木下正俊・佐竹昭広三氏著『万葉集　訳文篇』（塙書房）に拠った。

万葉歌成立期の人と歌

有間皇子の変と追悼の歌——政治批判の萌芽

七世紀中葉以降の日本書紀や続日本紀の記述は一般に平板であると述べたが、もちろん例外もある。その一つは、皇極四年（六四五）六月十二日に飛鳥板蓋宮《あすかのいたぶきのみや》の「大極殿《だいごくでん》」で決行された蘇我入鹿《そがのいるか》暗殺事件——いわゆる乙巳《いっし》の変——の経過を記す書紀の文である。

蘇我入鹿暗殺事件

それによると十二日は三韓進調の日で、入鹿はかならず大極殿に来る。蘇我倉山田麻呂《くらのやまだまろ》が三韓の上表文を読みあげるのを合図に、殿側に姿を隠している中大兄《なかのおおえ》皇子の指揮する刺客が斬りこむ手はずである。計画どおり山田麻呂は表文を読みあげる。ところが刺客の佐伯連子麻呂《さえきのむらじこまろ》は恐れのために食事をもどし、共謀者の中臣鎌子《なかとみのかまこ》が励ますが、斬りこめない。以下書紀の文を引く。

倉山田麻呂、表文を唱《よみあ》ぐること尽きなむとして、子麻呂等の来ざることを恐《おそ》り、流《いづる》汗《あせ》身に沃《うるほ》ひて、声乱れ手動《わなな》く。鞍作臣《くらつくりのおみ》（入鹿）、怪《あや》しびて問ひて曰く、「何の故にか掉《ふる》ひ戦《わなな》く」といふ。山田麻呂、対《こた》へて曰く、「天皇に近くはべることを恐《かしこ》み、不覚《おろか》にも汗流《い》づる」といふ。中大兄、子麻呂等の入鹿が威《いきほひ》に畏《おそ》り、便旋《めぐら》ひて進まざるを見て曰く、「咄嗟《やあ》」といひ、即ち子麻呂等と共に、其の不意《ゆくりもな》きに出で、剣を以ちて入鹿が頭肩を傷《やぶ》り割く。

刺客が入鹿の威に恐れ、計画も失敗かという土壇場に、中大兄が先頭に立って斬りこみ入鹿を倒すのである。クーデターの緊迫した情景を、中大兄皇子を主役にしてみごとに描写しているといってよいであろう。

中大兄がはなはだ恰好《かっこう》よく、颯爽《さっそう》と描かれている点や、子麻呂が反吐《もど》し、山田麻呂が汗みずくになってふるえ、入鹿の疑いを引いて、計画露見かと読者をハラハラさせ、興趣を盛りあげる点など、事実の正確な記述ではなく、編者の脚色があると思われるが、だいたいの成り行きはこの通りであったのであろう（私は書紀の叙述は、史記の刺客列伝にみえる荊軻《けいか》伝の秦始皇帝を襲撃するときの叙述の影響があると思っている）。

入鹿暗殺の翌日の十三日には、入鹿の父蝦夷《えみし》も甘檮岡《あまかしのおか》の自邸で自殺し、当時最大の閥族蘇我氏の本宗家は滅ぶ。大化新政の緒口《いとぐち》となる大事件である。大化新政の規模、あるいは存否については周知のように多くの意見があるが、それはいずれにせよ、蘇我本宗家の滅亡が当時の世人の注目を集める大変事であることは間違いない。それゆえ早くから蘇我氏没落の物語が作られ、書紀編纂の材料となったのではないかと思われる。

大化の政変に関する歌のないわけ

しかしこの事件に関する当事者の歌は、万葉集をはじめどのような書物にも残されていない。おそらく作られた歌が散佚したのではなく、年中行事や儀礼としてでなく、臨時に突発した事がらについて、集団または個人としての感懐を歌に托する習慣が、まだ成立していなかったからであろう。万葉集をひもといても、大化以前の時代の作とされる歌は、巻一の冒頭の雄略天皇の歌（巻一―一）や巻二の冒頭の磐姫《いわのひめ》皇后の歌（巻二―八五）のような、伝誦歌《でんしようか》または先人に仮託した後代の歌を除くと、巻一に「高市岡本宮《たけちのをかもと》に天下治めたまふ天皇（舒明）の代」の歌として挙げるつぎの五首ぐらいであろう。

その五首は三つに分れる。第一は「天皇、香具山に登りて望国《くにみ》したまふ時の御製歌」の詞書《ことばがき》をもつもの（巻一―二）、第二は「天皇、宇智《うち》の野に遊猟《みかり》する時、中皇命《なかつすめらみこと》、間人《はしひと》連老《おゆ》に献らしむる歌」の詞書を持つもの（巻一—三、四）、第三は「讃岐国の安益郡《あやのこほり》に幸《いでま》す時に、軍王《こにきしのおほきみ》、山を見て作る歌」の詞書を持つもの（巻一—五、六）である。

このうち第一は、詞書に言うように望国の行事における儀礼歌、第二は、天皇が狩猟に出遊する時、狩りの幸《さち》を祝う歌であるからやはり儀礼歌（中皇命は舒明の皇女間人《はしひと》に当てる説が有力であるが、天智の皇后の倭姫《やまとひめ》に当てる説もあり、その場合は作歌年代は大化以後となる。間人皇女説を取っても、大化後天智に献じた歌と解することができる）、第三は、歌風や用語から言って大化以前のような古い時期の歌とは考えられないとし、斉明天皇朝（六五五〜六六一）の歌とする説が有力である（伊藤博『万葉集釈注』）。柿本人麻呂以降とする説もある（稲岡耕二『万葉集の作品と方法』）。

和歌文学の発達がこのようであってみれば、乙巳の変や大化の新政について、当事者や当時の貴族・官人が歌を残さなかったことはやむをえない。政治的事件に関して事件の経過や自分の思いを歌にするのは、大化新政以後貴族の生活が発展し、和歌の制作が日常化するようになってからのことであろう。その場合事件の当事者は自分の感懐をどのように歌に表わしたのであろうか。まず孝徳天皇の皇子有間と天武天皇の皇子大津についてみてみよう。

有間皇子の謀反

有間皇子の悲劇はあまりにも有名であるが、事件の経過をひととおり書いておこう。日本書紀によれば、有間は孝徳天皇のただ一人の男子で、母は大化の左大臣阿倍倉梯《くらはし》麻呂の女《むすめ》・小足媛《おたらしひめ》である。皇位継承の資格を持つ有力な皇子だが、孝徳天皇は大化元年（六四五）、即位とともに舒明天皇の皇子中大兄（母は宝皇女＝皇極天皇）を皇太子に立てた（立太子を疑う説もある）。このとき中大兄は二十歳、有間は六歳と推定されるから、当時の情勢ではやむをえなかった（有間皇子の年齢は、書紀斉明四年〈六五八〉十一月十一日条の分注に「方今、皇子、年始めて十九」とあるのによる）。

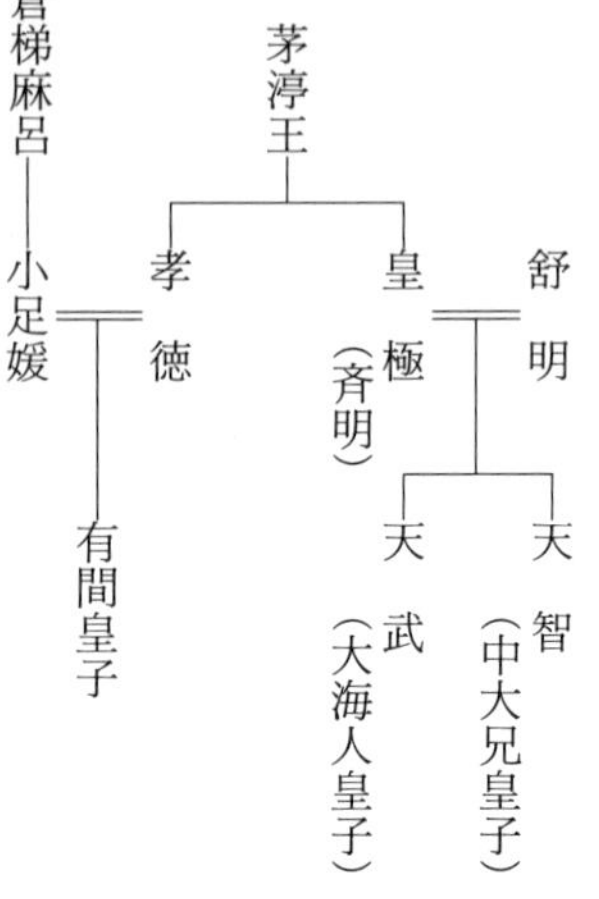

系図1

ところが中大兄は皇太子でありながら、白雉《はくち》五年（六五四）に孝徳天皇が没しても即位せず、母の皇極太上天皇がふたたび即位する。斉明天皇である。女帝の例がまれなだけでなく、同じ人物が二度皇位につくのは前例がない。この時の斉明の年齢は正確なことはわからないが、少なくとも五十前後になっていたはずで、当時としては決して若くはない。このような変則な皇位継承が行なわれたところに、有間皇子の変の起る原因があった。

白雉五年に二十九歳になっていた中大兄はなぜ皇位につかなかったのか。理由はいろいろに想像できるが、理由はなににしろ、老齢の女帝のもとでは、有間皇子に皇位への望みが生じるのはやむをえないことであろう。しかもライヴァルの中大兄は、晩年の孝徳とのあいだに深刻な確執が生じた。そのため孝徳は白雉四年に皇位を捨て山碕（京都府大山崎町）に引退しようとまで思いつめ、退位にまではいたらなかったが、その翌年、悶々の思いを抱いて世を去った。有間にとって中大兄は、いわば父の仇《かたき》である。

有間のこの思いは中大兄に伝わるであろう。彼は中大兄にとってまことに邪魔で危険な存在である。

中大兄の意を受け、または意を察して、有間を謀略によって陥《おとしい》れようとしたのが、蘇我赤兄《あかえ》である。斉明四年十一月、赤兄は、中大兄が斉明とともに紀温湯《きのゆ》（いまの湯崎温泉）におもむいた留守に、有間と談合し、斉明の「失政」をかぞえあげて謀反に誘導した。このとき赤兄は留守官であった。まだ十九歳の若い有間はよろこんで、「吾が年始めて兵を用いるべき時なり」と答えたと日本書紀は記している。

赤兄は有間が謀反を決意したのを知ると、ただちに人を派して有間を捕らえ、紀温湯に護送した。こうして「プロローグ」で記した（三ページ）皇太子（中大兄）と有間皇子の問答となるのである。同じく「プロローグ」でみた有間の歌「磐代の浜松が枝」と「家にあれば笥《け》に盛る飯を」は、紀温湯に到着する前日、いまの日高郡南部町の岩代の地で詠んだものと思われる。

「何の故か謀反《みかどかたぶ》けむとする」という中大兄の問いに対して、日本書紀が記録する「天と赤兄と知らむ。吾全《もは》ら解《し》らず」という有間の答の意味するところは、はなはだ重い。赤兄に計られたという万斛《ばんこく》の恨みが籠もっていることはいうまでもないが、「吾全ら解らず」は、「中大兄皇子よ、あなたがいちばんよく知っている」の反語ではあるまいか。有間の残した二首の歌から、私たちは彼のどのような思いを汲みとることができるだろうか。

有間皇子の二つの歌

有間がこの歌を作った磐代から紀温湯（湯崎）までは二十数キロである。中大兄の前に引き出される前日、書紀に従えば十一月八日の夜はここであかしたとみてよかろう。明日は中大兄の前に引き出されて審問を受ける。当時はいまの刑法に当る律はなかったが、厳罰は覚悟しなければならない。しかし有間は書紀の記すところでは赤兄の使嗾《しそう》に乗って「兵を用いるべき時だ」と口走っただけで、反乱の実行に着手したわけではない。都を追放され、流罪に処されるのはやむをえないとしても、極刑だけはまぬがれるかもしれない。

あの「磐代の浜松が枝を引き結び真幸くあらばまたかへり見む」の「真幸くあらば」という下の句を見ると、有間は中大兄の温情に一縷《いちる》の望みをかけて、神に身の安全を祈ったと思われる。しかし多くの史家が考えるように、赤兄のたくらみが中大兄の指示によるものであるならば、有間が中大兄に期待を寄せるのはまったく無意味である。そうでなくても、当代切っての政略家中大兄が、腹心の赤兄が用意したお膳立てをくつがえして、有間の罪を軽くするとは思われない。

千々に心を砕いて頼む甲斐のない人の心を頼み、神に祈った有間の運命は哀れである。このこされたこの歌によって、有間への同情はいっそう高まるのである。

もうひとつの「家にあれば笥に盛る飯を草枕旅にしあれば椎の葉に盛る」の歌は、皇子の悲運に加えて旅行の難儀を歌ったものとするのがかつての説であったが、都とはこと変って、旅行中、常緑樹の青葉に飯を盛って神を祭るさまを歌ったとする説が有力で、私もこれに従う。神祭りのさまを歌うことも神を祭ることになる。生死のかかっている旅である。たんなる食器のちがいを歌うような場合ではない。この二つの歌は、神に頼るほかない有間皇子の悲運を読者に強く印象づけるのである。

しかしこの二首は本当に有間の実作かという疑問もある。彼の死に同情する後人が、彼になり代って作ったとする説、彼の非業の死を核とする物語が作られ、それにあわせて二首の歌が創作されたとする説、また有間が別の旅で作った歌がここに転用されたとする説など、さまざまの意見が出されている（渡辺護「有間皇子自傷歌をめぐって」〈『万葉集を学ぶ』第二集、有斐閣〉）。

そのどれかの可能性は小さくはないであろう。だが、いま二首の歌がこの時の有間の実作か、他人が有間に仮託した作か、他の機会における有間の作かを確定することは、ほとんど不可能である。しかしかりに虚構の作であっても、古代から近代に至る長いあいだ、有間の実作として鑑賞され、有間への同情の心をかきたてたことにちがいはない。

万葉集には、有間皇子の二首につづいて、つぎの歌が載せられている。

有間追悼の歌

長忌寸《ながいみき》奥麻呂《おきまろ》、結び松を見て哀しび咽《むせ》ふ歌二首

磐代の崖《きし》の松が枝結びけむ人は反《かへ》りてまた見けむかも

磐代の野中に立てる結び松心も解けず古《いにしへ》思ほゆ

（巻二―一四三・一四四）

山上臣憶良《やまのうへのおみおくら》の追和する歌一首

翼《つばさ》なすあり通ひつつ見らめども人こそ知らね松は知るらむ　（巻二―一四五）

一首めの「松が枝を結びけむ人」はもちろん有間である。有間はふたたび結び松を見ることはなかった。二首めはそのために結び松はこだわりを持って昔のことを思い、有間を死に追いこんだ人を恨んでいるだろうの意。三首めは死にきれない思いをもつ有間の魂は、鳥のように翼をもって結び松のあたりを飛びめぐっている、それは人にはわからないが、松にはわかる、というのであろう。いずれも悲劇の皇子に深い同情を寄せているが、皇子を死なした政治の批判を含んでいる。

つづいて柿本人麻呂歌集の歌がある。

大宝元年辛丑、紀伊国に幸《いでま》す時に、結び松を見る歌一首　柿本朝臣人麻呂の歌集の中に出づ

後見むと君が結べる磐代の小松がうれをまた見けむかも　（巻二―一四六）

帰りにもう一度見ようと皇子が結んだ松を、皇子はまた見ただろうか（見ないで死んだ

皇子がいたわしい)、の意。第五句の原文「又将見香聞」を「またも見むかも」と訓《よ》んで、「皇子の心のこもっている磐代の松を、私は再び見ることがあろうか」と解する説もある。いずれにしても大宝元年は文武天皇即位の五年目にあたり、七〇一年である。六五八年に有間が没して四三年を経て、なお追慕する人が絶えなかったことが知られる。

有間追悼の歌の持つ意味

ここで注意したいことは、有間の死をいたみ、追憶することは、さきにふれたように、有間を死に至らしめた斉明・天智政権の批判につながることである。天智政権のもとでは作ることがむずかしい。そこで上記の歌が作られた年代であるが、作者の一人長奥麻呂は日本書紀には姿を見せないが、万葉集にはしばしば歌があり、持統・文武朝の下級官人と考えられる。一四六番歌は人麻呂歌集の中より出づ、とあって作者は確定しにくいが、人麻呂の可能性が高い。年代は詞書から大宝元年（七〇一、文武朝）である。山上憶良はのち元正・聖武朝には国司となり、多くの歌を残すが、一四五番歌を作ったのは、歌の配列からみて大宝元年以前で、持統・文武朝と思われ、そのころは最下級の官人である（大宝元年正月に無位であることが続日本紀にみえる）。

壬申の乱で近江朝廷が亡んだのちであるが、かつて大きな権勢を持った天智の政治を批判する空気が、持統・文武朝の下級官人のあいだにまでゆきわたっていたことが推測される。過去の政治的事件に関心を持ち、それについての思いを歌として表現する能力を持つ下級官人が生れてきたのである。政治の知識と文字の知識が、貴族や上級官人のあいだけでなく、下級官人のあいだにもひろまってきた。新しい知識階級の成立が上記の有間皇子を偲ぶ歌から察せられる。

そのように見てくると、有間の作とされる結び松の歌二首が後人の仮託の作ならば、こういう歌を作ること自体、政治批判を萌芽として持っているといわねばならない。その萌芽が長奥麻呂以下によって展開されるのである。

もし有間の実作であるならば、その歌は彼の揺れ動く悲痛な心情を私たちに伝えてくれるが、同時に当時の人びとに有間への同情の心をかき立て、政治への関心を高める契機の一つになったと思われる。

このように有間の歌二首とそれにつづく上記の歌四首は、日本書紀などの公的記録には見えない人の心の動きを教えてくれるのである。

政治批判の問題については、日本書紀の皇極二年十月紀以降に見える童謡《わざうた》（たとえば「み吉野《えしの》の吉野の鮎　鮎こそは島辺も良き　え苦しゑ　水葱《なぎ》の下《もと》芹の下《もと》　吾は苦しゑ」天智十年十二月紀）との関連も考える必要があるが、別稿に譲ることとする。

有間皇子の死を悼む歌は上記の他、万葉集巻一に川島皇子の歌（巻一—三四）を載せるが、これについては別項（七三ページ以下）で述べる。

額田王の生きかた――通説を疑う

有間《ありま》皇子と同じように悲劇の皇子といわれる大津《おおつ》皇子について述べる前に、年代的に大津にさきだつ額田 王《ぬかたのおおきみ》と彼女をめぐる人びとについて記しておきたい。

額田王の生い立ち

額田王が斉明朝から天智朝へかけて活躍した歌人であることは万葉集で明らかだが、年齢や出自ははっきりしない。彼女のむすめの十市《とい》皇女は、大化四年（六四八）生れの大友皇子（のちの弘文天皇）の妃となっているから、十市の生れたのも大化四年の前後と思われる。かりに額田が白雉元年（六五〇）に十八歳で十市を生んだとしたら、額田は舒明五年（六三三）生れとなる。十市皇女の父（額田の夫）は天智天皇の実弟の大海人《おおあま》皇子（のち

系図2

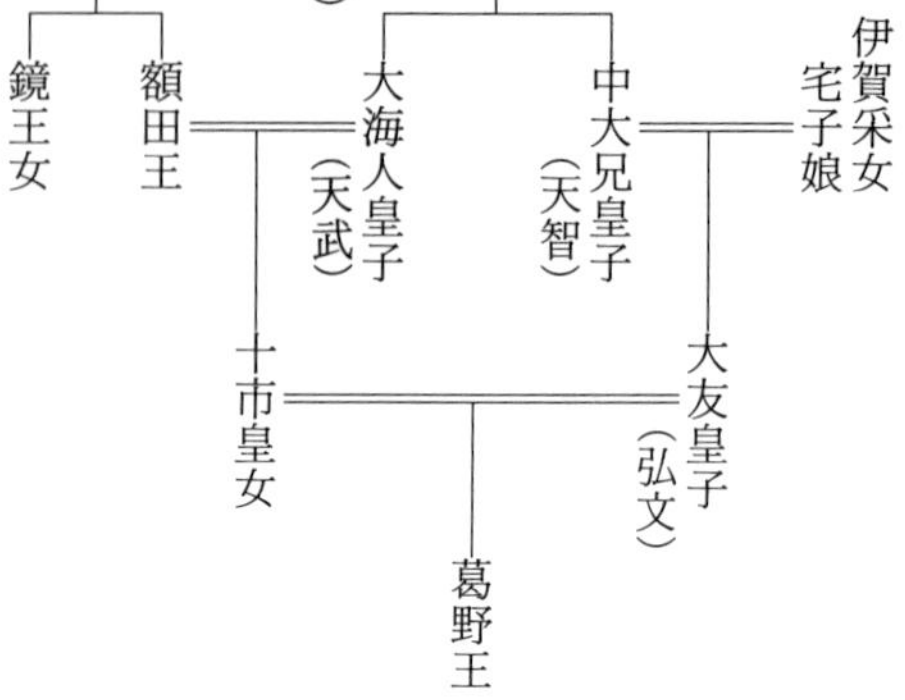

の天武天皇）である。その大海人の年齢もはっきりしないが、天智は推古三十四年（六二六）の生れで、大海人との間に同母の妹・間人《はしひと》皇女があったから、大海人は舒明元年（六二九）前後の生れとみてよいだろう。額田との年のつりあいもちょうどよい。

また十市皇女は天智の息・大友皇子の妃となり、葛野《かどの》王を生むが、懐風藻《かいふうそう》に慶雲二年（七〇五）に没した葛野王の年を三十七としているところから逆算すると、葛野の生れは天智八年（六六九）となる。もし十市が白雉元年生れなら、このとき二十歳で、やはり矛盾は起らない。さきに仮定したように、十市が額田の十八歳の時の子とすれば、この時額田は三十七歳である。

額田王の年にこだわるようだが、それは後述するように、額田と大海人皇子のあいだで取りかわされる有名な蒲生野《がもうの》の贈答歌にかかわるからである。

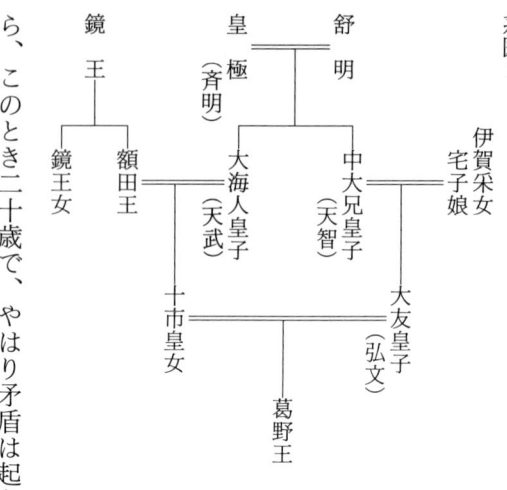

彼女の出自や生い立ちも、鏡王《かがみ》の娘ということ（日本書紀）と鏡王女という姉があったこと以外はほとんどわからない（鏡王女は舒明天皇の皇女もしくは皇孫とする説もある）。鏡王は王と呼ばれるので皇族の一人かと思われるが、系譜はやはり明らかでなく、百済《くだら》から渡来した王族とする説（土橋寛『万葉開眼』ＮＨＫブックス）もある。

生れ育ったところは、近江国野洲郡に鏡山（現、野洲郡野洲町と蒲生郡竜王町の境）という地名があるので、そこに鏡王の住居があり、彼女もそこで育ったとする説が古くからあるが、それよりも中大兄皇子が鏡王女に与えた歌に、

妹が家も継ぎて見ましを大和なる大島の嶺《ね》に家もあらなくに　（巻二―九一）

（あなたの家をいつも見ることができるだろうに。大和の大島の嶺にわたしの家があったらなあ。）

とあるのによって、鏡王や鏡王女は大和に住んでいたとする説を取りたい。大和国平群《へぐり》郡に額田郷《ぬかた》がある。いまの大和郡山市額田部を中心とする地域であるが、額田王は父や姉とこの地に住み、額田の名を持ったのではあるまいか。あるいはこの地の豪族の額田氏に養育されて、額田王と呼ばれたのかもしれない。

額田王の宮廷出仕

こうした生い立ちの額田が史上に名を残すのは、もちろん歌才によるが、うら若い日に大海人皇子の目にとまり、その妃に召されたことも大きいだろう。そのきっかけは、額田が氏女《うじめ》として朝廷に仕えたことによると思われる。氏女は畿内豪族の娘で朝廷に出仕し、中・下級の女官となるものをいい、国造《くにのみやつこ》など地方豪族の娘が下級女官として朝廷に仕える釆女《うねめ》よりは、宮中での身分は高かったようである。

ただし釆女の語は大化以前、五・六世紀ごろから用いられており、大宝令制にも多くの規定が見られるのに、氏女の語は大化以前はもちろん、大宝・養老令の条文にも見られない。しかし実質はおそくも天武朝には始まっていたようで、日本書紀の天武八年（六七九）八月条に、

詔して曰く、諸氏、女人を貢せよ。

とあるのは氏女の貢進を意味し、養老の後宮職員令に、

凡諸氏氏別貢レ女、皆限二年卅以下十三以上一。雖レ非二氏名一、欲二自進仕一者聴。（下略）
（凡そ諸の氏は、氏別《うぢごと》に女を貢せ。皆年卅以下十三以上を限れ。氏の名に非ずと雖《いへど》も、自ら進仕せんと欲《ねが》はば、聴《ゆる》せ。）

とあるのも、氏女貢進の規定である。それでも、さきの詔文もこの条文も「氏女」の語は用いていない（ただし、これを注釈した令集解の古記では「氏女」の語を用いる）。

これらの点から、氏女すなわち畿内の豪族による娘の貢進は、地方豪族による采女の貢進にくらべると、新しく始まった慣例ないし制度と考えられる。

私はさきに氏女の実質は「おそくも天武朝にも始まっていた」として、天武八年八月の詔をあげたが、その詔は氏女の制度の制定を示しており、畿内豪族が氏の女を朝廷に進める慣例は、さらにそれよりさかのぼるであろう。そう推定する根拠は、日本書紀の天智七年二月条にみえる後宮の宮人に関する記事である。

そこには皇族出身の倭姫《やまとひめ》皇后と、蘇我山田石川麻呂の女《むすめ》・遠智娘《おちのいらつめ》とその妹・姪娘《めいのいらつめ》、阿倍倉梯《くらはし》麻呂の女・橘娘《たちばなのいらつめ》、蘇我赤兄の女・常陸娘《ひたちのいらつめ》の四人の嬪《みめ》のことを記したつぎに、

宮人《みやひと》の男女を生める者四人あり。

として、忍海造《おしぬみのみやつこ》小竜の女・色夫古《しこぶこ》娘、栗隈首徳万《くりくまのおびととこまろ》の女・黒媛娘、越道《こしのみち》君伊羅都売《いらつめ》、伊賀采女《うねめ》宅子《やかこ》娘の四人を挙げている。四人のうち宅子娘が采女であることはいうまでもない。越道君伊羅都売も采女であろう。

これに対して忍海造小竜はおそらく大和の忍海郡の豪族、栗隈首徳万は山背の久世郡栗

隈郷付近の豪族で、その女の色夫古娘と黒媛娘はこの豪族から貢進された女官、のちの氏女に相当するものと見てよかろう。思うに二人は、はじめから天皇の寝所に仕えるものとして貢されたのではなく、宮廷の雑用を処理する中・下級の官女として仕えるうち、中大兄（天智）の目にとまって、その胤を宿すことになったのであろう。

この推定に大過がなければ、氏女貢進の慣行は天智朝または中大兄が皇太子として若い日を送った孝徳・斉明朝までさかのぼらせることができる。大化以前にすでに存したかもしれない。宮廷の制が整備するに従って女官の数が采女だけではこと足らず、畿内豪族の女も宮廷に仕える必要が生じたのであろうか。起源はいずれにせよ、王の名はあっても実質的には地方豪族にすぎない鏡王は、孝徳の朝廷の需《もと》めに応じて、二人の娘を朝廷に仕えさせた。私の推定のごとくであれば、ここに額田王の運命は大きく展開するのである。

額田王、十市皇女を生む

額田王は聡明なだけでなく、万葉集の愛読者の多くが臆測するように美貌にもめぐまれていたのであろう。宮廷に仕える彼女の存在はやがて知れわたり、若い大海人皇子の関心を引くのにそんなに時日を要しなかったであろう。前後して中大兄皇子も彼女に心を惹かれたのではないかと私は想像している。

この三角関係で、額田とより早く結ばれたのは大海とするのが通説である。そのことは万葉集ではわからないが、日本書紀の天武二年二月条の天武の皇后・妃・夫人など天武の子女を生んだ女性を列挙したところに、額田の名があるのでわかる。皇后（一人）・妃（三人）・夫人（三人）・その他（三人）の順に記してあるのだが、その他三人のはじめに、

天皇、初めて鏡王の女額田姫王を娶《めと》りて、十市皇女を生む。

とある。さきに私は、額田が十市を生んだのは白雉元年ごろ、額田は十八歳ごろと推定した。確かな根拠のある推定ではないが、そんなに大きくははずれていないだろう。額田が宮廷に仕えて、それほど多くの歳月を経てはいなかったと思われる。これも想像だが、そのころ中大兄も前述のように額田に想いを寄せており、「しまった、惜しいことをした」、と思ったのではあるまいか。

額田王が中大兄皇子と結ばれた事情

周知のように額田は大海人と結ばれて十市を生んだのち、中大兄の後宮に召されることになる。このことは日本書紀その他確実な史書にはひとことも見えないが、万葉集に、

額田王、近江天皇を偲びて作る歌一首

君待つと我が恋ひ居れば我がやどの簾動かし秋の風吹く　（巻四―四八八）

とあるのでわかるのである。

ではなぜ額田は大海人のもとから中大兄のもとに移ったのか。それは中大兄が弟の妻の額田を欲しくなり、皇太子または天皇の権力をもって大海人から額田を奪ったことによる、と考えるのがふつうのようである。額田はやむなく大海人に心を残しながら中大兄の寵を受けたと解し、近江国に下るとき三輪山《みわやま》との別れを惜しんだ歌（巻一―一七・一八）や、蒲生野遊猟《がもうのみかり》の時の贈答歌（巻一―二〇・二一）も、その観点にもとづいて鑑賞するのが、かつての理解であった。そして額田を大海人への愛を心に秘めながら、中大兄に従わねばならなかった悲運の女性としていとおしんだ。

しかし額田がどんな事情で大海人のもとから中大兄のもとに移ったかは、まったく不明である。通説は、女は弱いもの、女の純情は男の権力・金力のためにねじまげられやすいもの、という明治・大正の男中心の社会の常識から生れたにすぎないかもしれない。

「元始、女性は太陽であった」という言葉もある。額田は強権に屈してひとり忍ぶ恋に泣くような弱い女ではなく、若くして宮仕えしたはじめは宮廷のはなやかさに眩惑され、大海人の求愛に応じて身を任せ、十市を生みさえしたが、のちにより大きな中大兄の愛に惹かれ、進んで彼のもとに走った、ということも十分にありえよう。中大兄＝天智のような政治的成功者は愛情の機微にうとく、力をもって女をわがものにするというイメージが強いが、政治家のすべてがそうではあるまい。中大兄はさきにふれた「三山の歌」でつぎのように歌っている（反歌略）。

中大兄 近江宮に天下治めたまふ天皇 の三山の歌

香具山《かぐ》は　畝傍《うねび》を惜しと　耳梨《みみなし》と　相争《あひあらそ》ひき　神代より　かくにあるらし　古《いにしへ》も　然にあれこそ　うつせみも　妻を　争ふらしき　（巻一―一三）

この歌については、香具・畝傍・耳梨のいわゆる大和三山の、どれを男の山、どれを女の山とするかをはじめ、多くの解釈があるが、山の性別については、私は二句目の「畝傍ををしと（原文は雲根火雄男志等）」を「畝傍を惜しと」と読み、香具・耳梨の二つの男山が女山の畝傍を争ったとする説を取りたい。歌全体の意味では、むかしの伝説をたとえにして、今も妻争いが多いという一般論を歌ったのではなく、額田との愛をめぐる自分（中大兄）と大海人との争いを歌ったものと思う。

こう考えて三山歌をよみなおすと、中大兄は大海人と対等の立場で争っているのであって、権力によって額田を奪ったようには思われない。もちろん三山歌は一つの文学作品であって、現実そのものではない。しかし中大兄と額田の関係が愛情のないものであったなら、中大兄はこのような歌を歌ったであろうか。

熟田津の歌と三輪山の歌　額田もまた弱い女ではない。「熟田津《にぎたつ》」の歌（巻一―八）や三輪山の歌（巻一―一七・一八）や近江大津宮で春山と秋山の美を判じた歌（巻一―一六）をよむと、自分というものをはっきり持った、誇り高い女性であるように思われる。その歌をみてみよう。

額田王の歌

熟田津《にぎたつ》に船乗りせむと月待てば潮《しほ》もかなひぬ今は漕ぎ出でな　（巻一―八）

斉明天皇はその七年（六六一）正月六日に百済救援の軍を率いて難波津《なにわづ》を出発し、同月十四日伊予の熟田津（松山市付近）に着き、石湯の行宮《かりみや》に一月あまり滞留したのち、熟田津を出港して那大津《なのおおつ》へ向った。そのときの歌と考えられる。左注には「この歌は天皇（斉明）の御製なり」とあるが、額田王の代作とするのが、ほとんど定説である。

船出のために待っていた月も昇って輝きをまし、その光りを受けて浪立っている港外の潮の流れの都合もよくなった。陸から吹く夜風に帆はいっぱいに膨らんでいる。さあ、今こそ漕ぎ出そう。そうした緊張した情景がみごとに歌われている。

しかしこの歌はたんなる叙景の歌ではなく、船出にあたって航路の幸《さち》を神に祈るために歌われた歌であろう。古代では神に祈るのは女の仕事である。そして額田王はおそらく船団の先頭を切って熟田津を乗り出して行く第一船の上に立ち、月光を満身に浴びてこの歌を朗誦したのであろう（稲岡耕二氏示教）。この晴れがましい任務をりっぱに勤めたのが額田である。

三輪山の歌はつぎのようである。

額田王、近江国に下る時に作る歌

味酒《うまさけ》　三輪の山　あをによし　奈良の山の　山のまに　い隠るまで　道の隈《くま》　い積《つ》もるまでに　つばらにも　見つつ行かむを　しばしばも　見放《みさ》けむ山を　心なく　雲の隠さふべしや

反　歌

三輪山を然も隠すか雲だにも心あらなも隠さふべしや　（巻一―一七・一八）

斉明天皇のあとをついだ中大兄は、天智六年（六六七）三月に都を大和から近江に遷《うつ》すが（日本書紀）、遷都の行列が奈良山の坂道を越えて山背国へ下って行く時、大和の国津《くにつ》神《かみ》である大物主《おおものぬし》神の御神体である三輪山《みわやま》に別れを告げる儀礼が、奈良山の峠で行なわれたと推定される。この時、行列を代表して額田王がこの歌を作って三輪山を祭ったのであろうとする説があるが、私も同感である。

歌は三輪山との別れを惜しむ心をくりかえし述べており、三輪山を祭る歌としてまことに適切である。この場合も本来は天智（ただし正式の即位はこの翌年）の歌うべき歌を、天智になり代って堂々と歌っているのである。三輪山にことよせて、大海人皇子との別れを惜しむ歌とする解釈もあるが、私は執らない。

自我を持つ女

つぎは春山と秋山との美を判ずる歌。

天皇、内大臣藤原朝臣に詔して、春山万花の艶と秋山千葉の彩とを競《きそ》ひ憐《あは》れびしめたまふ時、額田王、秋を以て判《ことわ》る歌

冬ごもり　春さり来れば　鳴かざりし　鳥も来鳴きぬ　咲かざりし　花も咲けれど
山をしみ　入りても取らず　草深み　取りても見ず　秋山の　木の葉を見ては　黄葉《もみち》
をば　取りてそしのふ　青きをば　置きてそ嘆く　そこし恨めし　秋山そ我は
（巻一―一六）

花咲く春山と黄葉の秋山のどちらが美しいか判定せよという難問を、額田は臆せず、明快に和歌をもって答えたのである。場所はおそらく大津宮の大広間で、亡命の百済官人をふくむ貴族・知識人が居ならび、それぞれ春山を褒め、秋山を称《たた》える詩歌を披露していたと思われる。そうしたなかで、春山・秋山の優劣を判ずるのは、なみの才智や度胸でできるものではない。

以上にみたように額田は大役をみごとにこなしていった。春山・秋山の歌で「秋山そ我れは」と言い放っているように、男の意志に従って忍従の生活に甘んずる女性ではなく、はっきりした自我を持つ女性である。それが男には魅力となることがある。額田が宮廷に務めを持った当初から、彼女に言いよる男は多かったのではあるまいか。彼女ははじめ大海人と結ばれたが、のちによりすぐれた人物として、中大兄を択び取り、大海人を捨てて中大兄のもとに走ったと私は考えたい。

ひかえめで消極的な女ではなく、能動的・積極的な陽性の女であったように思われる。ひょっとしたら、自己顕示欲の強い、めだちたがり屋であったかもしれぬ。そこまで言うのは言いすぎであろうが、この観点から有名な蒲生野《がもうの》の贈答歌を考えてみよう。

蒲生野遊猟の歌の新解釈

天皇、蒲生野に遊猟《みかり》する時に、額田王の作る歌
あかねさす紫野行き標野《しめの》行き野守《のもり》は見ずや君が袖振る
皇太子の答ふる御歌　明日香宮に天下治めたまふ天皇、謚を天武天皇といふ
紫のにほへる妹を憎くあらば人妻ゆゑに我恋ひめやも　（巻一―二〇・二一）

天智七年（六六八）五月五日に天智天皇が皇太弟（大海人）以下の官人を従えて近江の蒲生野に狩猟を催したことが日本書紀にみえ、その時の歌とされる。かつてはこの贈答歌は、額田が天智の後宮にはいってからも、大海人との愛情は絶えず、秘められた恋の歌と解されていた。しかし池田弥三郎氏が山本健吉氏と共著の『万葉百歌』（中公新書）で、狩猟のあとの宴席の座興をもりあげるために歌われた歌とする説を立ててからは、その解

釈を是認する人が多くなった。その解釈はおおよそつぎのようである。

額田王の歌。紫草の茂る野を行き、御料地の標《しめ》のある野を行きながら、あなたは私に袖を振って合図をなさいますね。私のことをいつまでも思って下さるのはありがたいですが、野守に見とがめられたら大変なことになりますよ。――以前の夫をからかっている趣きがある。

大海人皇子の答。俺はお前が忘れられないのだ。紫の花のようにあでやかなお前が好きなのだ。そうでなかったら、人妻のお前にどうしてこの俺が心を惹かれよう。

この歌は「我恋ひめやも」（お前が恋しい）と言いながら、額田のからかいに答えて皮肉をとばし、切り返しているというのが池田氏の解釈である。このとき少なくとも三十六、七歳はこえていたと思われる額田を「紫のにほへる妹」と歌うのが、みごとなしっぺ返しである。当時の感覚では、三十六、七歳といえばりっぱな中年だからである（池田氏は「すでに四十歳になろうとしている額田王」と言っているが、私はもう少し若くてもよいと思う）。つまり二人のやり取りは、猟のあとの宴席での座興の歌とみるのである。

たしかにかつての万葉学は、万葉の歌を生真面目に受け取りすぎていた。万葉も文学である以上、フィクションもあれば反語もある。池田説はその盲点を衝いており、いかにも傾聴すべき意見である。しかし中大兄は権力をもって額田を大海人から奪い、額田は大海人への想いを抱いたまま、心ならずも中大兄の後宮にはいったという解釈は従来のままにして、その上に池田説を置くと腑に落ちないことがある。

額田と大海人のあいだにかつての愛情が残っているなら、なぜ二人は座興のために二人の感情の交流をからかいの種にすることができたのか。ことに大海人は、むかしの愛人に容貌の衰えを意識させるような残酷な皮肉を歌にしてからかうことができたのか。やはり額田は主体性をもって大海人と別れ、中大兄の許に行き、額田と大海人のあいだに忍ぶ恋のような関係はなくなっていた、と考えたほうが、この贈答歌は理解しやすいと思う。そしてまた大海人には、中年になっても若いときの色香をとどめている昔の妻を、いまさらとがめる気持ちはほとんどなかったであろう。

額田王の職掌

蒲生野での応酬の勝敗はともかく、額田は斉明・天智の宮廷でのびのびと振るまい、自分の能力をせいいっぱい発揮した。彼女の選択はまちがいがなかったと思われる。天智の寵幸を受けたといっても後宮のなかだけで時を銷《け》していたのではなく、いままで見たように、あるいは軍船に乗り、あるいは遷都の行列に供奉し、あるいは詩歌の会に侍し、男子に伍して任務についているのである。若い時、氏女として朝廷に仕えた延長として天智の朝廷にも仕え、官職名は明らかではないが、上級女官に昇っていたであろう。

ではどのような職についていたか。熟田津の船出の歌と奈良山での三輪山の歌は、ともに神を祭る歌である。大津宮で春山・秋山の美を判じた時の集まりはやがて宴会となり、蒲生野の贈答歌は宴会の席での歌と思われる。歌によって考える限り、額田は多くの女官を率いて神を祭ることと、宴席のもてなし——いわゆるホステス——の任務をこととしていたと思われる。

七〜八世紀の日本の朝廷が手本とした唐の後宮の制度を『大唐六典《だいとうりくてん》』によって見ると、后一人のつぎに妃三人・六儀六人・美人四人・才人七人とある（巻十二）。そのうち美人の役職は「女官を率い、祭祀・賓客の事を修む」とある。賓客の事は要するに宴遊の世話であろう。美人の仕事はさきに見た額田の任務に一致する。

ただし『大唐六典』に見えるのは盛唐の玄宗の時の制で、天智朝に対応する初唐の制では、皇后のつぎに夫人・嬪《ひん》・婕妤《しょうじょ》・美人・才人・宝林・御女・釆女等に分れていたし、天智の朝廷で額田が美人と呼ばれていたわけではない。しかし唐にならって宮廷を整え飾ろうと思っていたに違いない天智は、祭祀と宴席のことを手落ちなく処理できる高級女官を求めていただろう。額田はその望みにこたえて、その二つの仕事をりっぱにやりとげ、大津の宮廷になくてはならぬ人になっていたと思われる。天智はそうした額田を手厚く遇したことであろう。

ただ、そのように見てくると、さきに挙げた額田の「君待つと我が恋ひ居れば」の歌（巻四—四八八、二七ページ）は、宮廷の花ともいえる誇りたかい額田らしくない。額田のしおらしい一面が出たのだ、ともいえるが、後の人が額田に仮託して作った歌ではないかとする説がある。そしてさらに進んで、額田が天智の後宮にはいったことを否定する説も出されている（伊藤博『万葉集釈注』）。

私は「君待つと」の歌は後代の偽作の可能性は高いと思うが、宮廷の高級女官として活躍した額田が天智の寵を受けなかったとは思わない。この歌は、彼女が天智の後宮の人であったという事実に小説的な空想を加味して作られた歌であろう。

額田王の晩年

蒲生野の遊猟が天智七年のこととすれば、その三年後の十二月、天智は大津宮で没し、その翌年の壬申《みずのえさる》年（六七二）六月、一時吉野に隠世した大海人皇子は自分の領地（湯沐邑《ゆのむら》）のある美濃を根拠にして兵を挙げる。壬申《じんしん》の乱である。一ヵ月の戦いで大津の宮は焼け落ち、天智の後継者で、額田王の娘・十市皇女の夫でもある大友皇子はみずから縊《くび》れて死に、大海人は大和へ帰ってつぎの年（六七三）に即位する。天武天皇である。額田は天武朝から持統朝まで生き延び、天武の子弓削《ゆげ》皇子と歌を往復し、近江朝の栄えの日を追憶しているが（巻二―一一一～一一三）、詳細は割愛する。

天武・持統朝の宮廷の人びと

悲運の人大津皇子――その没落の過程

大津皇子の誕生と幼年期

天武天皇の皇子大津が謀反の罪で捕えられたのは、天武が没した朱鳥元年（六八六）九月九日から一月《ひとつき》もたたない十月二日、そして早くもその翌日の三日、「訳語田《おさだ》の舎に死を賜ふ。時に年二十四なり」と日本書紀に見える。有間皇子が十九歳で没した斉明四年（六五八）から二八年後である。

二十四という歳から逆算すると、大津の生れたのは天智二年（六六三）であるが、そのころ父の天武（このときは大海人《おおあま》皇子）は北九州にいたと考えられる。というのはさきに唐に亡ぼされた百済《くだら》の復興を助けるため、斉明天皇は二年前の斉明七年（六六一）、大軍を率いて北九州へ出陣するが、斉明を助けて大海人は兄の中大兄《なかのおおえ》皇子とともに従軍していたと思われるからである。それはたんなる想像ではない。斉明七年正月六日に難波津を出発した二日後の正月八日、船団が吉備の大伯《おおく》の海（岡山県邑久《おく》郡の沖）に到った時、大海人の妃・大田皇女が女子を産み、大伯皇女と名づけられたと日本書紀は伝えている。当然大田の夫の大海人も同行していたにちがいない。

三月、船団は北九州の那《な》の大津（博多港）に着く。同年七月、天皇は朝倉橘広庭宮《たちばなのひろにわ》（福岡県朝倉郡朝倉町か）で没するが、百済救援のことは中大兄皇子＝天智天皇の指揮によって進められ、翌天智元年（六六二）に万を越える大軍（書紀によれば三万二〇〇〇）が海を渡る。この年、大海人のもう一人の妃・鸕野讃良《うののさらら》皇女（以下鸕野皇女と略す。のちの持統天皇）が草壁《くさかべ》皇子を大津宮で生み、海を渡った大部隊の主力は天智二年八月に、百済の旧領白村江《はくすきのえ》で唐の大軍と戦って大敗する。

このような切迫した情勢のなかで大津は生れた。生れた場所は大津という名からして、草壁が生れたのと同じ那の大津であろう。

のちに天武の後継者の地位を争う二人の皇子が、一年ちがいで同じところで生れたのである。しかも二人を生んだ大田皇女と鸕野皇女はともに天智の娘、母は大化の右大臣蘇我山田石川麻呂の娘・遠智娘《おちのいらつめ》である。天智二年の暮れまでには、天智は敗戦の軍を率いて大和へ帰ったであろうが、東へ航する船上には何のうれいもなく遊びたわむれる三人の幼な子（大伯・草壁・大津）の姿があったと思われる。

天智天皇と書いてきたが、実は天智はこのときまだ即位しておらず、正しくは中大兄皇子で、皇太子のまま政治を取った。これを称制《しょうせい》という。称制六年（六六七）、都を大和から近江大津に移し、翌年大津宮で即位した。この年が天智元年となるのだが、ふつうには天智七年という。そして同十年に死去、翌年の壬申《みずのえさる》の年（六七二）、天智のあとをついだ大友皇子に対し、大海人皇子は反乱を起す。前章でもふれた壬申《じんしん》の乱である。このとき十一歳になっていた草壁と十歳の大津は大海人の挙兵に従軍するが、前線には出なかった。乱が終るまで鸕野皇女などとともに後方の伊勢国桑名付近にとどまっていたようである。大津の母大田皇女は天智五、六年のころになくなっていた。

吉野の盟約と皇子たち

乱は大海人側の勝利に終って大津宮は亡び、大海人は都を大和に帰し、翌六七三年飛鳥浄御原宮《きよみはら》で即位する。この年を天武元年とする意見もあるが、日本書紀は壬申年を天武元年、即位の年を天武二年とする。以下それに従うが、二年以後しばらく両皇子の動静は日本書紀には見えない。ふたたび現れるのは天武八年（六七九）五月の条である。

系図3

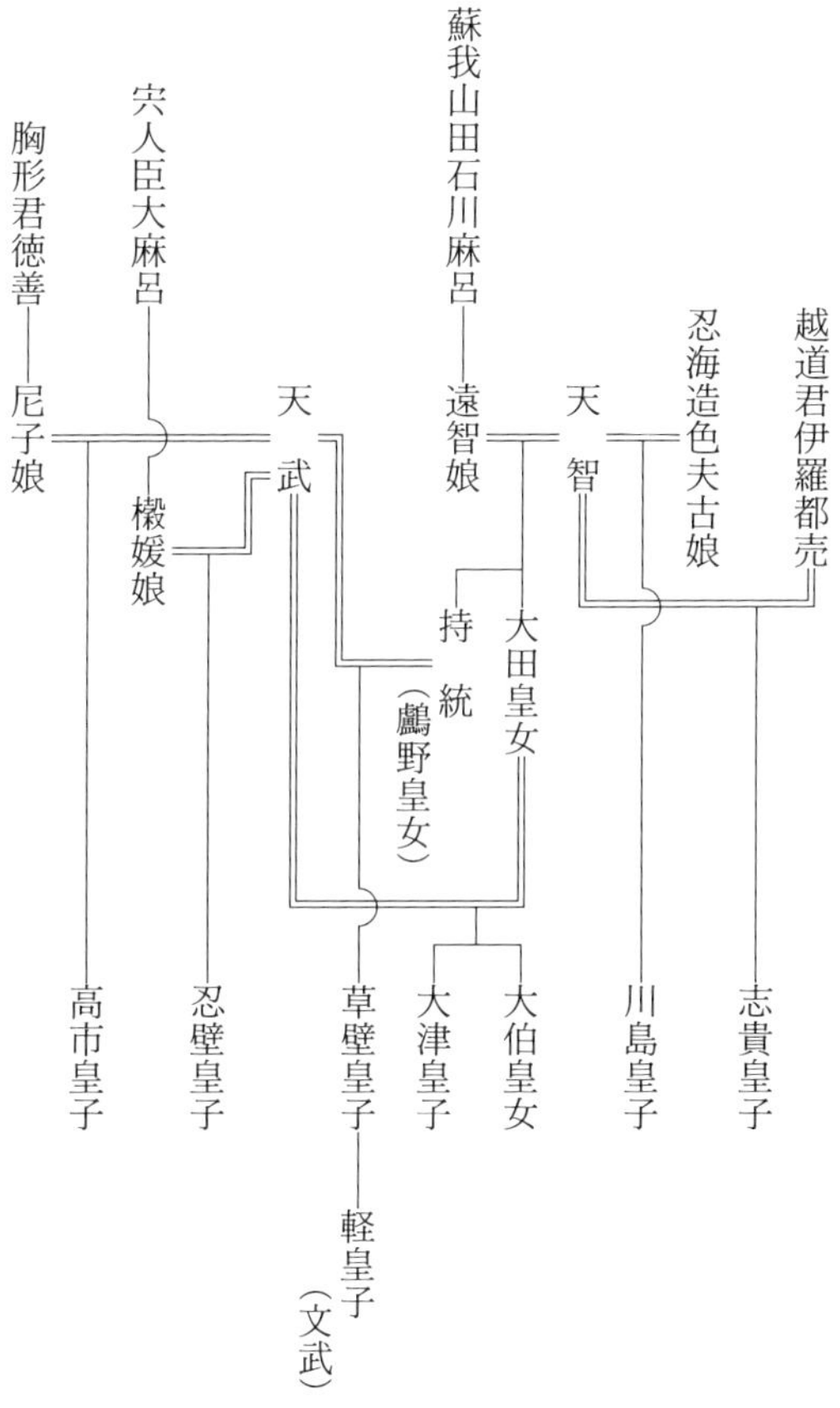
越道君伊羅都売
忍海造色夫古娘
天智
蘇我山田石川麻呂
遠智娘
天武
宍人臣大麻呂
胸形君徳善
尼子娘
檽媛娘
持統（鸕野皇女）
大田皇女
志貴皇子
川島皇子
大伯皇女
大津皇子
草壁皇子
軽皇子（文武）
忍壁皇子
高市皇子

天武天皇は五月五日吉野宮に行幸し、翌日、同行した鸕野《うの》皇后と、草壁《くさかべ》・大津・高市《たけち》・河島（川島）・忍壁《おさかべ》・芝基《しき》の六皇子に詔りして、「朕《われ》、今日、汝等《なんぢら》と倶《とも》に庭に盟《ちか》ひて、千歳の後に事無からしめんと欲《おもほ》す。いかに」と言い、皇子らは「理実《ことわり》、灼然《いやちこ》なり（仰せの通りです）」と答えたとある。そしてまず草壁が進み出て、われわれは母がちがう異腹の兄弟だが、互いに争うことなく助けあうと誓い、以下五人の皇子がつぎつぎに同じように誓い、つぎに天武が、最後に皇后が、皇子たちを抱いて、おまえたちをこれからは同じ母から生れた子として慈《いつく》しもう、と盟約した。

ここに見える皇子たちは母を異にするだけでなく父を異にするものもある。草壁と大津の母が鸕野と大田であることはさきに記した。三番目の高市は胸形君尼子娘《むなかたのきみあまこのいらつめ》、四番目の河島は忍海造色夫古娘《おしぬみのみやつこしこぶこのいらつめ》、五番目の忍壁は宍人臣榖媛娘《ししひとのおみかじひめのいらつめ》、六番目の芝基《しき》は越道君伊《い》羅都売《らつめ》をそれぞれ母とする。そして河島と芝基の父は天智である。

壬申の乱で有力豪族の多くの力が衰え、皇位を手にした天武は大きな権力を握った。しかし宮廷内部の皇族の複雑な勢力関係に頭を悩ましていたことは、この吉野の誓盟の場面でよくわかる。とくに天武が悩んでいたのは皇位継承の問題であろう。皇位継承の原則が確立していないこのころ、天武の多くの皇子たちはもちろん、天智の皇子も皇位継承の資格はないとはいえない。しかもそれらの皇子が成年またはそれに近い年齢に達していた。天武八年の時点で草壁は十八歳、大津は十七歳、高市は二十六歳、河島は二十三歳、忍壁と芝基の正確な年齢は不明であるが、十五、六歳ぐらいと推定される。忍壁は刑部とも書き、芝基は志貴とも書く。芝基は天武の皇子で忍壁の弟の磯城《しき》皇子とは別人である。

草壁を一番とする六皇子の順序は年齢順ではなく、母の身分の高下などを考慮に入れたもので、宮廷における皇子たちの序列にほかならない。吉野の盟約は皮肉にみれば茶番の芝居ともいわれようが、草壁を最上位とする序列を異腹の皇子たちに確認させることを主要な目的としたのであろう。

そしてそれは、草壁の生母の鸕野皇后の強い望みで行なわれたのではあるまいか。書紀の記述からすれば、皇子の母たちは鸕野以外はだれも吉野宮に同行しなかったようである。盟約の行なわれた天武八年から七年前の壬申の年（天武元年）、天武が身を守るために吉野に隠れ住み、ひそかに反乱の計画を練った時に、天武の身辺に侍していたのは鸕野だけであった。吉野宮を誓いの場にえらんだのは、そのことを皇子たちに強く印象づけるためでもあろう。

安心する天武天皇

盟約の行事は何の波瀾《はらん》もなく、鸕野のおもわく通りに進行し、草壁の地位は諸皇子によっても認められた。鸕野とともに天武も安堵の思いを深くしたであろう。

天武のつぎの歌はこの安堵の思いのなかで作られたのであろう。

天皇、吉野宮に幸《いでま》す時の御製歌《おほみうた》

良き人の良しとよく見て良しと言ひし吉野よく見よ良き人よく見　（巻一―二七）

万葉集は歌の左注に「紀に曰く、『八年己卯の五月、庚辰の朔甲申（五日）、吉野宮に幸す』」とある。万葉集の編者もこの歌が吉野盟約に際して作られたと考えたのである。

この歌のおもしろいところは、「よし（よき・よく）」の語が八回も使われていることだが、原文をみると、「淑人乃　良跡吉見而　好常言師　芳野吉見与　良人四来三」で、「よし」を表わすのに淑・良・吉・好・芳の五種類の漢字を用いている。「よし」を繰返すという言葉遊びだけでなく、「よし」を五種類の文字で表わす字遊びの工夫もしている。あの壬申の乱の思い出の地で、懸案であった皇位継承の難問も解決のめどがつき、リラックスした天武の心境のうかがわれる歌である。

天武は盟約をした翌日の七日に飛鳥の浄御原宮に帰り、十日に六人の皇子がそろって宮の大殿の前へ来て天皇を拝した、と書紀は記している。天武はいっそう安心したと思われるが、事はかならずしも安易には運ばず、なお曲折があったようである。

才能に富む大津と凡庸の草壁

それは、皇后を母とし、序列第一の草壁より、歳は一歳下で序列も下位の大津のほうが才幹も人望も上であったと思われることによる。このことは諸家によって詳しく説かれており、改めていうまでもないが、念のために史料を挙げておく。

その一つは漢詩集懐風藻にみえる大津皇子の伝で、

皇子は浄御原《きよみはら》帝（天武）の長子なり。状貌魁梧《かいご》（身体容貌が大きくたくましい）、器宇峻遠。幼年にして学を好み、博覧にして能く文を属《つく》る。壮に及びて武を愛し、多力にして能く剣を撃つ。

とある。体格がよく、頭脳明晰、文武両道に通達しているという。やや褒めすぎであろう。天武の長子というのも、事実に反する。つづけて伝は、

性頗る放蕩《ほうたう》にして、法度に拘らず、節を降して士を礼す。是に由りて人多く附託す。

という。性質は自由かってで規則に拘束されない、たかぶらずに秀れた人はていねいに待遇するので、人気がある、というのである。大正生れの筆者などは、「資性闊達で特にスポーツを好み、アルプス登頂をはじめ関係事蹟も多く、広く国民に親しまれた」と『国史大辞典』（吉川弘文館）にある秩父宮雍仁《やすひと》親王を連想してしまう。そういえば雍仁も兄の昭和天皇と一歳ちがいであった。

筆がそれたが、もう一つ史料を挙げると日本書紀持統前紀の大津皇子の刑死の記事の次にみえる伝である。

容止《よう し》墻岸《しやうがん》（立ち居振舞いはきわだっている）にして音辞俊朗なり。天命開別天皇《あめみことひらかすわけ》（天智）の為に愛せらる。長《ひととなる》に及《いた》りて弁にして、学才あり、尤も文筆を愛す。詩賦《しふ》の興りは大津より始れり。

これも誇張があろうが、やはり相当の人物であったと認めてよかろう。「詩賦の興り、云々」は、懐風藻・万葉集にみえる詩歌からいって、かならずしも浮言ではあるまい。対して草壁皇子の性格・才能については史料が少なくてよくわからないが、二十歳から二十八歳まで（六八一〜六八九）八年間、皇太子の地位にありながら史料が少ないのは、比較的平凡・温順な人がらであったからではあるまいか。二十八歳で病没しているところ

料金受取人払郵便

本郷局承認

5197

差出有効期間
2024年1月
31日まで

郵便はがき

113-8790

東京都文京区本郷7丁目2番8号

吉川弘文館 行

愛読者カード

本書をお買い上げいただきまして、まことにありがとうございました。このハガキを、小社へのご意見またはご注文にご利用下さい。

お買上**書名**

＊本書に関するご感想、ご批判をお聞かせ下さい。

＊出版を希望するテーマ・執筆者名をお聞かせ下さい。

お買上書店名　区市町　書店

ご氏名《ふりがな》		年齢　　歳　男・女
〒 □□□-□□□□ ご住所	電話	
ご職業	所属学会等	
ご購読新聞名	ご購読雑誌名	

今後、吉川弘文館の「新刊案内」等をお送りいたします(年に数回を予定)。
ご承諾いただける方は右の□の中に✓をご記入ください。　□

注文書

月　　日

書　　名	定　価	部　数
	円	部
	円	部
	円	部
	円	部
	円	部

配本は、○印を付けた方法にして下さい。

イ. 下記書店へ配本して下さい。
(直接書店にお渡し下さい)

(書店・取次帖合印)

書店様へ＝書店帖合印を捺印下さい。

ロ. 直接送本して下さい。
代金(書籍代＋送料・代引手数料)は、お届けの際に現品と引換えにお支払下さい。送料・代引手数料は、1回のお届けごとに500円です(いずれも税込)。

＊お急ぎのご注文には電話、FAXをご利用ください。
電話 03−3813−9151(代)
FAX 03−3812−3544

（ご注意）

・この用紙は、機械で処理しますので、金額を記入する際は、枠内にはっきりと記入してください。また、本票を汚したり、折り曲げたりしないでください。

・この用紙は、ゆうちょ銀行又は郵便局の払込機能付きＡＴＭでもご利用いただけます。

・この払込書を、ゆうちょ銀行又は郵便局の渉外員にお預けになるときは、引換えに預り証を必ずお受け取りください。

・ご依頼人様からご提出いただきました払込書に記載されたおところ、おなまえ等は、加入者様に通知されます。

・この受領証は、払込みの証拠となるものですから大切に保管してください。

収入印紙
課税相当額以上
貼　付

印

この用紙で「本郷」年間購読のお申し込みができます。

◆この申込票に必要事項をご記入の上、記載金額を添えて郵便局でお払込み下さい。

◆「本郷」のご送金は、４年分までとさせて頂きます。

※お客様のご都合で解約される場合は、ご返金いたしかねます。ご了承下さい。

この用紙で書籍のご注文ができます。

◆この申込票の通信欄にご注文の書籍をご記入の上、書籍代金（本体価格＋消費税）に荷造送料を加えた金額をお払込み下さい。

◆荷造送料は、ご注文１回の配送につき500円です。

◆キャンセルやご入金が重複した際のご返金は、送料・手数料を差し引かせて頂く場合があります。

◆入金確認まで約７日かかります。ご了承下さい。

※領収証は改めてお送りいたしませんので、予めご了承下さい。

お問い合わせ　〒113-0033・東京都文京区本郷７―２―８
吉川弘文館　営業部
電話03-3813-9151　FAX03-3812-3544

この場所には、何も記載しないでください。

払込取扱票

02 東京

通常払込料金加入者負担

口座記号番号	金額
00100－5－244	千 百 十 万 千 百 十 円 ※

加入者名	料金	備考
株式会社 吉川弘文館		

各票の※印欄は、ご依頼人において記載してください。

ご依頼人・通信欄

フリガナ

※お名前

郵便番号　電話

※ご住所

※

〈この用紙で書籍代金ご入金のお客様へ〉
代金引換便、ネット通販ご購入後のご入金の重複が増えておりますので、ご注意ください。

◆「本郷」購読を希望します

購読開始　　号 より

1年 1000円（6冊）　3年 2800円（18冊）
2年 2000円（12冊）　4年 3600円（24冊）
（ご希望の購読期間に○印をお付け下さい）

日附印

裏面の注意事項をお読みください。（ゆうちょ銀行）（承認番号東第53889号）

これより下部には何も記入しないでください。

切り取らないでお出しください。

記載事項を訂正した場合は、その箇所に訂正印を押してください。

振替払込請求書兼受領証

口座記号番号	00100－5－244（通常払込料金加入者負担）
加入者名	株式会社 吉川弘文館
金額	千 百 十 万 千 百 十 円 ※
ご依頼人	おなまえ ※　様
料金	日附印
備考	

この受領証は、大切に保管してください。

からも、状貌魁梧で撃剣を能くしたという大津とは反対の病弱ぎみの、おとなしい型と思われる。

草壁の立太子と大津の政治参加

草壁の母鸕野は、草壁立太子の決断を下すことを夫に強請したであろうが、かつて天智が衆望に反して大友皇子を皇位につけようとしたことが、大友の非業の死の原因となったことを知る天武には、容易にその決断を下すことができず、迷いに迷ったのではなかろうか。彼がついに決断したのは、吉野の盟約から二年後の天武十年二月二十五日のことである。天武は皇后鸕野とともに大極殿に御し、皇子・諸王・諸臣を召して、律令の制定に着手することを詔し、同日草壁を皇太子に立てた。律令を編纂して国家の体制を整える以上、いつまでも皇太子を欠員にしておくことはできなかったのであろう。この時草壁は二十歳、大津は十九歳である。

しかし皇太子を定めても天武の迷いはなお続いた。天武十二年二月一日、「大津皇子、始めて朝政を聴く」という書紀の記事がそれを示している。皇太子草壁が天武を補佐して政治に参与している上に、大津までを政治に関与させるのは異状である。天武は抜群の才能と人望を持つものを政治から疎外するのは危険であると思ったのかもしれないが、それはかえって事態をこじらせる。天智天皇の晩年、大海人（天武）が皇太弟として天智の政治を助けているところへ、大友皇子が太政大臣となって朝政に加わってきた状態の再現ともいえる。実際、大津が朝政に参加して以来、天武朝の政治に変化が起ってきたことについては、押部《おしべ》佳周《よしちか》氏の研究「『大津皇子始聴二朝政一』の意義」（同『日本律令成立の研究』塙書房）がある。草壁が政治を投げ出さなかったのは、彼の穏和な性格と母の支えによるのであろう。そしてまた、天武の配慮によると思われる大津の朝政参加が、結局大津自身を窮地に追いつめるのである。

石川郎女と草壁・大津

ところで当事者の草壁と大津との関係はどうであったか。書紀は黙して語らないが、万葉集につぎの歌がある。

大津皇子、石川郎女《いしかはのいらつめ》に贈る御歌一首

あしひきの山のしづくに妹待つと我立ち濡れぬ山のしづくに

石川郎女の和へ奉る歌一首

我を待つと君が濡れけむあしひきの山のしづくにならましものを

（巻二―一〇七・一〇八）

日《ひ》並皇子《なみしのみこ》尊、石川郎女に贈り賜ふ御歌一首　女郎、字を大名児といふ

大名児《おほなこ》を彼方《をちかた》野辺に刈る草《かや》の束《つか》のあひだも我忘れめや　　（巻二―一一〇）

大津と草壁とが石川郎女《いしかわのいらつめ》（一名大名児）という同じ女性に思いを寄せているのである。大津があいびきの約束が待ちぼけをくわされたと恨んでいるのに対し、石川郎女は下手ないいわけをせず、私こそお待ち下さっているあなたのお側《そば》にいたかったのに、と答えている。二人は歌での戦いを楽しんでいる。日並皇子は皇太子、つまり草壁のことだが、その歌はつかの間も大名児のことを思っている、という生まじめ一方で、これでは石川郎女のような機知に富む女の心を射とめることはできまいと思われる。

この歌の限り、恋の勝利者は大津である。当時の狭い宮廷の社会のこと、二人はたがいにそれを承知していただろう。ライバルの二人は母も異にしている。兄弟の親しい関係を保っていたとは思われない。

そのうえ、万葉集にはこの三首の歌のあいだにつぎの大津の歌を配している。

大津皇子、窃《ひそ》かに石川女郎に婚《あ》ふ時、津守連通《とほる》、その事を占《うら》へ露《あら》はすに、皇子の作らす歌一首

大船の津守が占に告らむとはまさしに知りて我が二人寝し《の》　（巻二―一〇九）

詞書を参照すると、大津は石川女郎（石川郎女と同じ）と人目を忍んで寝たという。大津が恋の勝利者であることを決定づける歌と読めるが、詞書はそのほかに少なくとも二つの問題をふくんでいる。

その一つは、津守通《とおる》がその事を占え露わしたことである。通はこのころは位階は低かったが、和銅七年（七一四）に正七位上より従五位下に昇進、養老五年（七二一）正月、陰陽の学に優れているので、後生勧励のために絁《あしぎぬ》十疋・糸十絇《く》その他を賜った（続日本紀）という陰陽道の大家である。しかしいくら陰陽の大家でも、亀卜や占星、あるいは筮《ぜい》竹《ちく》を捻って、男女がとも寝をしたかどうかの密事をあかすことができるはずはない。これはやはり吉永登《みのる》氏が指摘する（「大津皇子とその政治的背景」、吉永著『万葉 文学と歴史のあいだ』創元社）ように、密偵を使って調べあげたことを、卜占によって明らかにしたと報告したのであろう。

では通はだれの命によって大津皇子のことを占った――実は探索した――のであろうか。いうまでもなくそれは鸕野皇后である。大津は鸕野の監視下に置かれていたと思われる。

石川郎女と額田王の類似点

詞書のもう一つの問題点は「窃かに石川女郎に婚ふ」とあることで、巻二―一一六の歌の詞書に「但馬皇女、高市皇子宮に在る時、窃かに穂積皇子に接《あ》ひ」とある例などから考えても、たんに大津が石川女郎に通じたというだけではなく、密通を思わせるのである。

　このことは早く注意されていたが、では石川女郎はだれを夫としていたかについては、明確な指摘はなかったのではあるまいか。それを一歩踏みこんで、石川女郎の夫は草壁皇子であると論じたのは伊藤博氏（『万葉集釈注』）である。そう断定してよいかどうか、若干疑問は残るが、前記の一一〇番の歌から考えて、その可能性は大きいと思われる。そしてその推測が事実とすれば、大津は皇太子の妻と密通したことになり、ことは重大である。大宝律の雑律には、「凡《およ》そ姦すれば徒《づ》一年、夫有らば徒二年」、名例律には「奸（中略）を犯さば、亦除名」とあり、奸に注して、「謂ふこころは良人の妻妾を犯す」とする。奸の罪を犯すと一般の公民の場合でも、ただではすまないのである。

　ただし天武朝には律が存しなかったし、大津の身分が高いこともあって、処罰はまぬがれたのであろうが、大津にとってはこの事件はマイナスで、鸕野の監視の眼はますますきびしくなったであろう。

しかしそれとともに私が興味を持つのは、石川女郎が草壁の妻であるとは断じにくいが、なんらかの関係にありながら、一方で草壁の弟の大津と通じているとすると、それはほぼ一世代むかし、大海人皇子の妻であった額田王が大海人の兄の中大兄と関係をもったことと、情況が類似することである。

もし、さきに想像したように、大海人の妻であった額田を中大兄が強権をもって奪ったのではなく、はじめ大海人と婚《みあ》った額田が、のちに中大兄を選び取ったとすれば、草壁に懸想《けそう》され、おそらくその妻となった石川女郎が、ひそかに大津を選び取ったことと、相手の兄弟の関係は逆だが、情況はほとんど同一といってよい。

そして古代の万葉の世界では、葦屋の菟原処女《うないおとめ》が血沼壮士《ちぬおとこ》と菟原壮士《うないおとこ》に求婚され（巻九―一八〇九～一八一一）、桜児が二《ふたり》の壮士に言い寄られた（巻一六―三七八六・三七八七）ように、一人の女が二人の男を相手にする例は少なくない。妻問い婚の慣習によって一夫多妻が公けであった時代には、女が複数の男と交わることで社会の非難をこうむることは少なかったであろう。そうした女の行為が不道徳とされるのは、中国から男性中心の儒教道徳が輸入されたこと、および日本の社会自体がそれと前後して家父長制を発展させたことによると思うが、その問題に立ちいる余裕はない。ただ、石川女郎に対して、浮気っぽいとか、コケティッシュであるとかする一時代前の批評は、現在ではもう通用しないことだけはいっておきたい。

大津ひそかに伊勢へ行く

草壁と大津とが政治の上でも恋愛の上でもこうした対立の状態にあるうちに、天武天皇は病いに臥《ふ》し、朱鳥元年（六八六）七月十五日、「天下の事、大小を問はず、悉《ことごと》く皇后と皇太子に啓《まう》せ」と勅し、九月九日に没した。天武はこの年の正月一日や二月一日に大極殿・大安殿などに出て、宴や授位を行なっているから、長い病気ではなかったが、書紀の前年の天武十四年九月条に「天皇、体不予《みやまひ》したまふ」とあり、このころから病気がちであったと思われる。宮廷には皇位の継承をめぐって、さまざまの臆測やうわさが囁《ささや》かれ、それとともに大津皇子を監視する鸕野皇后の眼はきびしくなったであろう。万葉集にみえるつぎの歌はそのころのものと見てよかろう。

大津皇子、窃《ひそ》かに伊勢の神宮に下りて上り来る時に、大伯《おほく》皇女の作らす歌二首

我が背子《せこ》を大和へ遣るとさ夜ふけて暁露《あかときつゆ》に我が立ち濡れし

二人《ふたり》行けど行き過ぎかたき秋山をいかにか君がひとり越ゆらむ

（巻二―一〇五・一〇六）

大伯は大津と二歳ちがいの同母の姉で、天武三年（六七四）十月、十四歳で伊勢大神に仕えるため斎宮《さいぐう》として伊勢へ下った。その大伯に会いに大津が伊勢へ下り、おそらくひと晩語りあかし、翌日未明に大和へ帰る大津を送るに際しての大伯の歌である。二首目の「秋山」は固有名詞ではなく、秋の山であろう。それで大津の伊勢行きは、天武の病状が重篤となった時、または逝去直後の八～九月のころと推測される。

皇位継承の問題が急迫の度を深めた時期である。大津の一挙一動は鸕野だけではなく、宮廷の貴族・官人の注目の的であったにちがいない。そういうとき、都を抜け出して伊勢へ行くのは、伊勢が壬申の乱の際、大海人側の勢力基盤の地の一つとなったところだけに、大津への疑惑を深める行為である。大津もそれはよくわかっているはずであるが、よほど思い余ったのであろう。それゆえ、「窃かに」下ったのである。この語は前述したように密通のイメージがあるが、この場合はそうではあるまい。謀反に関連するので「窃かに」という語が用いられたとする説があるが、私はそれは短絡の意見であると思う。

養老令仮寧《けにょう》令請仮条に、五位以上の者が「畿外に出でんと欲《ねが》はば奏聞せよ」という規定がある。大宝令にもほぼ同じ規定があったらしく、唐令には対応する規定は見られない（一部類似の規定はある）。五位以上、つまり中級以上の官吏・貴族は奏聞《そうもん》して天皇の許可を得なければ畿外には出られないのであり、その慣例は大宝令成立以前の天武朝にも存したと思われる。伊勢はむろん畿外である。天武の死後はもちろん、重病の床にある時に、伊勢へ行きたいと言って勅許が得られるとは思われない。それゆえ大津は「窃かに」伊勢に下ったのであって、「窃かに」がただちに謀反と結びつくのではない。

思うに大津は謀反の計画を胸にして伊勢へ行ったのではあるまい。鸕野のめぐらした監視網のもとでは、謀反を思い立っても実行に移すことは不可能であろう。といってこのまま手をこまぬいていても、鸕野はなんらかの口実をもうけて、自分を謀反の罪に陥《おとしい》れることは、十分にありうる。どちらにしても前途に待つものは極刑しかない。思い悩んだ末、大津は自分の苦しい心中を愛する姉に聞いてもらいたく、危険を承知で、朝廷に断りなく、窃《ひそ》かに伊勢へ下ったのではなかろうか。津守通に見あらわされることを承知のうえで石川女郎と交わったのと通ずる心境である。

ただし鸕野が、実際にそこまで細心巧緻に大津を見張っていたかどうかはわからない。

それは大津の胸に宿った疑心暗鬼にすぎないかもしれない。しかし大津は人目《ひとめ》を忍んで伊勢行きを決行し、おそらく鸕野はそれを察知したであろう。書紀は天武の死後一五日めの九月二十四日条に、

大津皇子、皇太子を謀反《かたぶ》けむとす。

と記すのは、この伊勢行きのことを指すのかもしれない。

鸕野は伊勢を往復した大津の心中は知らないが、このような危険な行動を取る人物を放置しておくわけにはいかない。彼女はじっと断を下す機会を待った。

河島皇子、大津の謀反を密告

機会を与えたのは、天智天皇の子・河島（川島）皇子の告発であろう。懐風藻の河島皇子の伝につぎのように記す。

皇子は淡海帝の第二子なり。志懐は温裕にして、局量は弘雅（度量が広く正しい）。始め大津皇子と莫逆の契《ちぎり》（たがいにさからわない約束）を為す。津（大津皇子）の逆を謀るに及び、島則ち変を告ぐ。

河島皇子は大津と親交があるので、その心事を知り、密告したのであろう。なぜ河島が親友の大津を告訴したかはつぎの章で述べるが、理由はなににせよ、鸕野は得たりとばかりに大津を謀反の罪で捕えた。書紀には大津が謀反したという九月二十四日から八日目の

十月二日の条（ただし天武前紀ではなく、持統前紀）に、
　皇子大津の謀反、発覚《あらは》れぬ。皇子大津を逮捕す。
とある。同日、直広肆《じきこうし》（浄御原令制の位階。従五位下相当）の八口朝臣音橿《おとかし》ら三十余人も連座して捕えられた。翌三日、早くも大津は訳語田《おさた》（桜井市戒重・橿原市膳夫のあたり）の舎で死を賜わった。時に年二十四。妃山辺《やまべ》皇女は髪をふり乱し、素足のまま駆けつけて殉死し、見る者皆すすり泣いたと、書紀は記している（既述、三ページ）。山辺皇女は天智天皇の娘。母は、有間皇子をあざむいて死に追いやった蘇我赤兄《あかえ》の娘・常陸娘である。

しかし本当に大津は謀反を企てたのであろうか。同じ十月の末、大津に連座した三十余人は、大津の側近に仕えていた帳内《とねり》の礪杵道作《ときのみちつくり》と、大津に謀反をすすめたとされる新羅僧行心《こうじん》を伊豆と飛驒に流した他は、すべて赦免している。のみならず三年後の持統三年（六八九）二月には、赦免されたもののうちの中臣朝臣臣麻呂《おみまろ》と巨勢《こせ》朝臣多益須《たやす》は判事という裁判に関係する重要な職に任用されている。大津皇子の謀反一件は追いつめられた大津の軽率な行動を種子《たね》にして作りあげられた疑獄事件ではないかと思われる。

薄命の皇子

けれども死刑は実行された。辞世の漢詩と短歌が懐風藻と万葉集に残っている。

臨終

金烏《きんう》西舎に臨み　鼓声短命を催《うなが》す　泉路賓主なく　この夕《ゆふべ》家を離れて向かふ

（金烏―太陽、西舎―西の山、泉路―死後の国へ行く道）

大津皇子、死を被《たまは》りし時、磐余《いはれ》の池の堤に涙を流して作らす歌一首

ももづたふ磐余の池に鳴く鴨を今日《けふ》のみ見てや雲隠りなむ　（巻三―四一六）

初冬の風がつめたく膚をさす夕ぐれであったことが思われる。しかしこの歌についても、皇子の死をいたむ後人の仮託の作とする説がある。

鸕野皇后（この時点では皇太后）は安心して草壁を皇位に即けることができるはずであったが、二年二ヵ月に及ぶ天武の長い殯《もがり》が終って葬儀が完了し、いよいよ即位の段どりが整ったその翌年（持統三年）の四月に草壁皇子は逝去した。享年二十八、遺児軽皇子（後の文武天皇）はまだ七歳であった。

天智天皇の皇子と持統朝——川島皇子と志貴皇子の場合

川島・志貴両皇子の出自

川島《かわしま》皇子も志貴《しき》皇子も、ともに天智天皇の子である。日本書紀の天智七年二月条によれば、川島の母は忍海造《おしぬみのみやつこ》小竜の女・色夫古娘《しこぶこのいらつめ》、志貴の母は越道君伊羅都売《こしのみちのきみいらつめ》で、ともに「宮人」とある。この場合の宮人は釆女《うねめ》やそれに類する下級女官で、後宮に仕えるものをいう。忍海造は大和国忍海郡地方の豪族かと思う。大和に限定はできないが、畿内出身であろう。越道君は越前・越中あたりの豪族であろう。律令制にあてはめると、色夫古娘は氏女《うじめ》、越道君伊羅都売は釆女とみられる。

したがってその二人から生れた川島皇子と志貴皇子は、宮廷における皇子の序列としては高くはない。まして天武の朝廷では、天武に亡ぼされた近江朝廷の皇子として、肩身《かたみ》はせまかったのではなかろうか。しかし天智天皇は、皇后倭姫王《やまとひめのおおきみ》の他に嬪と宮人を四人ずつ持っていたのに、男子は書紀による限り、川島・志貴の他には蘇我山田石川麻呂の女・遠智娘《おちのいらつめ》の生んだ建皇子《たけるのみこ》、伊賀采女宅子娘《やかこのいらつめ》の生んだ大友皇子の二人しかおらず、建皇子は斉明四年（六五八）に、大友皇子は壬申の乱により、それぞれ没し、天武の朝廷には川島と志貴の二人しか残っていなかった。天武は二人を疎外することなく、先帝の皇子として、それ相応の待遇を与えていた。

それがよく表われているのは、前節で述べた天武八年五月の吉野の盟約の場合で、天武が吉野にともなった六人の皇子のなかに二人ははいっており、川島はその第四位、志貴は第六位である。天武の皇子でも忍壁は川島の下位の第五位に序列されている。天武・持統朝の政局において、二人の地位は無視できないものがあったと思われる。そして川島はわずか一首だが、万葉集に歌を残し、志貴も六首で多いとはいえないけれど、万葉屈指の名作や問題作を詠んでいる。二人を本書に取りあげるゆえんである。

はじめに名の表記についてふれておく。川島は日本書紀はおおむね川嶋と書き、万葉集も同様であるが、懐風藻《かいふうそう》は河島と書く。便宜により川島を用いる。志貴は施基（天智紀七年二月条）・芝基（天武紀八年五月条その他）とも書くが、万葉集が志貴と記すのに倣って志貴を用いる。天武天皇の皇子で忍壁の同母の弟に磯城皇子があるが、もとより別人である。

皇子たちの年齢

川島の年齢は懐風藻の伝に、「位は浄大参《じやうだいさん》（大宝令制正五位上相当）に終《を》ふ。時に年三十五」とあり、書紀の持統五年（六九一）九月条に、「浄大参皇子川嶋薨《こう》ず」とあるから、斉明三年（六五七）の生れで、吉野盟約の天武八年（六七九）には二十三歳である。志貴の年齢はわからないが、前記の吉野盟約の記事に、母の身分の低い四皇子を高市《たけち》・川島・忍壁・志貴の順に書いているのは、高市がこのとき二十六歳で川島より年上であるから、年齢の順と思われる。川島と志貴のあいだに忍壁がいることからすると、川島と志貴は三〜五歳のちがいであろう。かりに志貴が四歳年下とすると、斉明七年（六六一）の生れで、吉野盟約の時は十九歳である。正確ではないが、およそその前後であろう。

ただしこの推定には異論も存在する。つまり右の私見では、川島と忍壁の年齢差を一〜三歳ぐらいと見、忍壁は天武八年には二十二〜二十歳、生れは斉明四〜六年（六五八〜六六〇）ごろと考えるが、それをもう少し引き下げ、少なくとも天智二年（六六三）以降とする意見がある。その主要な論拠は、持統即位前紀の朱鳥元年十月三日条に、皇子大津、天渟中原《あめのぬなはら》瀛真人《おきのまひと》天皇第三子也。

とみえることである。大津皇子が天渟中原瀛真人すなわち天武の第三子というのは何を基準とした順位か。生母の身分を考慮にいれずに、年齢の長幼によるものであれば、第一子は高市、第二子は草壁、第三子は大津となり、忍壁は大津のつぎの第四子となる。大津は天智二年生れだから（大津の生年は四二ページ参照）、忍壁の生れはそれ以降でなければならない（青木和夫「日本書紀考証三題」、同著『日本律令国家論考』岩波書店）。

そうすると、大津は天武八年の時点で十七歳だから、忍壁と志貴はせいぜい大きく見ても、十六歳と十五歳ぐらいとなる。吉野の盟約に列席する年齢としてはギリギリのところだろう。上記の青木説をこれで疑うことはできないが、私は忍壁の年齢は大津や草壁より上でもよいのではないかと考えている。しかし三、四歳程度の年齢の差は、以下の論述にはあまり関係がないので、ここではこれ以上深入りしないことにする。

川島皇子密告の理由

さて、ここで私が問題にしたいのは、前にも触れたなぜ川島が大津の謀反を密告したかである。そのことを記す懐風藻の伝をもう一度引用しておく。

皇子（川島）は淡海帝の第二子なり。志懐は温裕にして、局量は弘雅。始め大津皇子と莫逆の契を為す。津の逆を謀るに及び、島則ち変を告ぐ。

たのか。

莫逆《ばくぎゃく》の友といえば親友中の親友である。なぜ川島はその友情を裏切って大津を告発し

思うに、逆説めくが、二人の仲がよすぎたことに理由の一つがあったのであろう。二人が年若いときはさして問題は起らないが、大津が長じてくると、前節で縷説《るせつ》したように皇位継承をめぐって、大津と草壁の関係が微妙になる。鸕野《うの》皇后が警戒の目を光らし、大津の周辺に警戒網がはりめぐらされたことは、川島も気がついたであろう。もし大津が謀反の計画を抱き、それが鸕野に察知されて危険が大津の身辺に迫るような事態が起れば、川島も大津の一味として逮捕されるおそれが生じないとはいえない。

一方、川島は忍壁皇子とも親交があったと思われる。天武紀を見ると、天武十年三月に天武が諸皇子・王臣に帝紀および上古の諸事の記定を命じたとき、歴名の第一に川島、第二に忍壁がならび、同十四年正月の叙位には二人がならんで浄大参に任ぜられ、翌朱鳥元年八月にも両皇子が同時に封一〇〇戸を加えられている。二人の地位はまったく雁行《がんこう》している（この点は二人の年齢差を青木説のように六歳以上とするより、三歳前後とした方が理解しやすい）。二人は接触する機会が少なくなかったであろう。

しかしそれ以上に両皇子の仲が密接であったと思わせるのは、

柿本朝臣人麻呂、泊瀬部《はつせべ》皇女と忍坂部《おさかべ》皇子に献る歌一首幷びに短歌

の題詞をもつ万葉集巻二―一九四・一九五の歌の左注に、

右、或る本に曰く、河嶋皇子を越智野《をちの》に葬《はふ》る時に泊瀬部皇女に献る歌なりと。（下略）

系図4

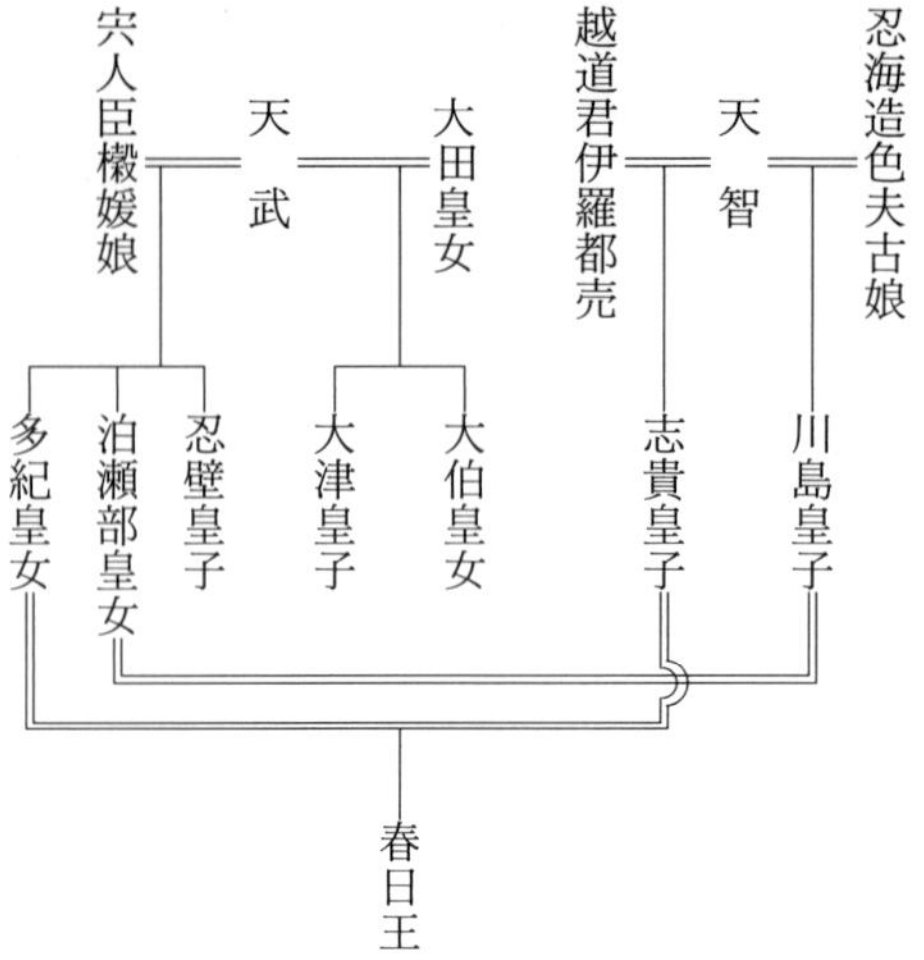

とあることである。長短歌ともに省略したが、左注を参照すると、柿本人麻呂作の川島皇子の死をいたむ挽歌《ばんか》である。それを泊瀬部《はつせべ》皇女に献じたのは、泊瀬部皇女が川島皇子の妃であったことを語る。題詞にみえる忍坂部皇子はむろん忍壁皇子のことだが、忍壁と泊瀬部とは同母の兄妹である（母は宍人《ししひと》臣大麻呂の女檝媛娘《かじひめ》。天武紀二年二月条）。つまり川島は忍壁の妹を妃としており、二人は義兄・義弟の間がらである。川島は天武八年に二十三歳であるから、泊瀬部との結婚は、そのころまたは天武十年前後と考えられる。

つまり皇位をめぐって草壁と大津の関係が微妙になってくる天武十年代、川島は大津と親友であり、忍壁とも親交を結んでいるのである。天武には高市皇子をはじめとして一〇人の皇子（草壁・大津・忍壁・長・弓削・舎人・新田部・穂積・磯城）があるが、例の吉野盟約の行事でわかるように、草壁・大津・高市・忍壁の四人が有力な皇子である（天武朝に姿を見せるのは、書紀による限りこの四人の他は忍壁の弟の磯城だけである）。川島は天武の有力四皇子のうちの二人と親しい。宮廷の勢力のバランスから言って、決して歓迎すべきことではなかろう。

鸕野皇后の心配

もし疑いの目で見るなら、この三人の母には一種の共通性がある。川島の母は忍海造色夫古《しこぶこ》娘、忍壁の母は宍人臣檝媛《かじひめ》娘であって、三流程度の豪族の出身である。大津の母は天智の娘・大田皇女で高貴の身分であるが、大津がまだ五歳の天智六年（六六七）二月までに没した。この三人の皇子は宮廷での地位は高いが、母の身分が低いか、または死没しているかで、母方からの後援・援助をさして期待できないという点で、共通している。

母方の身分が高くない点では、胸肩《むなかた》君尼子娘を母とする高市皇子も似ている。万一、その共通性から四人の皇子の連合ができあがったらどうなるか。鸕野皇后を母とし、天武十年に正式に皇太子となった草壁の地位も決して安全ではなくなる。

天武の宮廷でこのことをもっとも強く感じたのは、むろん鸕野皇后であろう。高市は天武の皇子中の最年長で、草壁より八歳年上であり、壬申の乱での功績も大きい。天武も鸕野も高市の処遇には十分配慮し、序列は草壁・大津についで第三位に置き、たとえば朱鳥元年八月の封戸《ふうこ》支給では、高市に草壁・大津と同じ四〇〇戸を与え、川島・忍壁の一〇〇戸とは大差をつけている。生母の家も胸形（宗像）君は九州切っての大豪族で、同じ地方豪族といっても、川島の出身の忍海造などよりはずっと有力である。年かさで分別のある高市が軽挙妄動することはあるまいが、その危険が生ずるまえに、川島ら三人の結びつきをこわすことが望ましい。

もし鸕野がこう考えたら、第一に目をつけられるのは天智の皇子で立場の弱い川島であろう。天武がしだいに老境に近づき、皇位継承が現実の問題になるに従って、川島に対する無言の圧迫が高まったのではないかと思われる。

川島皇子の煩悶

大津皇子がどれくらい叛意を持っていたか、持っていたにしても具体的な叛乱計画を立てていたかどうかは疑問である。しかし彼が天武没後の政局に不安を感じていたことは事実であろう。天武が没すれば、鸕野が草壁を守るために大津を失脚させようとし、謀反の疑いをかけてくることは十分に考えられる。その不安は川島にも共通する。まさか皇后が川島を草壁のライヴァルと見なしてはいないだろうが、大津をそそのかしていると見られたら、致命的である。そこまで行かなくても、大津が罪におとされれば、一味として連坐するおそれは十分ある。罪は忍壁にも及ぶかもしれない。川島が大津と親交を結んだときは天武もまだ壮健で、大津と草壁との関係はそれほど切迫してはいなかったのであろう。しかし歳月を経て天武が没した時点では、危険はわが身にも迫っていた。もし川島が宮廷での地位を確かなものにするために大津に近づいたとすれば、裏目に出たのである。

彼は煩悶《はんもん》・懊悩《おうのう》の末、大津を告発して己れの保全を計る道を選んだのではあるまいか。大津が謀反を企てていたかどうかは不明であることは、右に述べたし、前節（六一ページ）でも触れた。しかし鸕野を中心とする政治のありかたになにほどかの不満を持ち、不平を親友の川島に洩らすことはあったろう。告発しようと思えば、川島には材料があったにちがいない。

こうして大津は死を賜わり、川島は身を全《まっと》うすることができた。ただし身を全うしたといっても書紀によれば、朱鳥元年八月の封戸授与記事以後、持統五年九月に没するまで、朝廷に姿を見せるのは持統五年三月に封一〇〇戸を賜ったことだけであり、位も死ぬまで天武十四年正月の浄大参のままである。持統朝における彼の地位はめぐまれたものではなかった。

しかしもちろん川島の心を苦しめたのは、朝廷の冷遇よりも親友を裏切った痛切な記憶であろう。懐風藻の伝は前述の「津の逆を謀るに及びて、島則ち変を告ぐ」につづけてつぎのように言う。

朝廷、其の忠正を嘉《よ》みすれど、朋友は其の才情を薄しとす。議する者、未だ厚薄を詳《つまび》らかにせず。

朝廷の人びとは川島の忠節の態度を賞したが、友人たちは友情の心が薄いのを非難した。第三者として批評すれば、川島は忠義の心に厚いのか、友人としての情誼に薄いのか、判断に苦しむ、というぐらいの意味だろう。伝はつづけて言う。

然れども余以為《おもへ》らく、私好を忘れて公に奉ずるは、忠臣の雅事、君親に背きて交を厚くするは悖徳《はいとく》の流《たぐひ》のみ、と。但し、未だ争友の益を尽くさずして、其の塗炭に陥《おとしい》るるは、余も亦疑ふ。

――しかし私が思うには、私情を捨てて公に奉ずる（親友を告発する）のは、忠臣としてなすべき正しいことである。君や親に背いて友情を重んずるのは、徳に反する連中のすることだ。けれども、川島皇子が争友（争ってでも相手の誤りを正す真の友人）としてなすべきことをせず、親友を塗炭（水火の苦しみ）に追いこんだことは、私も疑問に思う。

遠まわしな表現だが、懐風藻の編者は結論として川島皇子を非難している。懐風藻が成ったのは天平勝宝三年（七五一）である。川島はむろんこの伝を読んではいないが、こうした批評は事件直後の宮廷でひそかにささやかれ、川島の耳にはいったかもしれない。耳にはいらなくても、友情を裏切った負い目は彼自身十分自覚しており、するどい棘《とげ》となって胸にささっていたであろう。持統朝ですごした五年の歳月は、苦渋に満ちていたのではあるまいか。

有間皇子を追悼する歌

川島の作として万葉集にのこる短歌一首にも、彼の悩みがにじんでいるように思われる。

紀伊国に幸《いでま》せる時に、川嶋皇子の作らす歌　或いは云はく、山上臣憶良の作なり、といふ

白波の浜松が枝の手向《たむけ》くさ幾代までにか年の経ぬらむ　一に云ふ、年は経にけむ

日本紀に曰く、朱鳥四年庚寅の秋九月、天皇紀伊国に幸す、と。

朱鳥四年は持統四年（六九〇）のことで、日本書紀には持統が四年九月十三日に紀伊行幸に出発し、同月二十四日に帰京したとある。川島はこの行幸に供奉して右の歌を作ったのであろう。紀伊の旅で「浜松が枝」といえばだれしもが想起するのは、持統四年をさかのぼる三二年の昔、斉明四年（六五八）十一月に謀反の罪で捕えられた有間皇子が、紀伊の温湯《ゆ》に滞在中の斉明天皇・中大兄皇子のもとに護送される途中に詠じたつぎの歌である。

磐代の浜松が枝を引き結び真幸くあらばまたかへり見む　（巻一―三四）

有間は自分に好意を寄せると信じた蘇我赤兄に裏切られ、謀反の罪名のもとに刑死した。その有間がわずかに希望を託したと伝えられる浜松は、いまも磐代の浜辺に茂っている。川島が持統天皇に従って磐代を通過した時、有間の霊を慰めるために供えられた手向草が、風雨にさらされて残っていたと川島は歌っている。手向草が実際にあったかどうかはわからないが、彼は自分が信頼を裏切ったばかりに謀反の罪を得て死んで行った大津皇子のことを、改めて深い悔恨の情をもって思い起していたであろう。

持統の治世のもとでは明らさまに大津皇子をとむらうことはできない。この歌はひそかに川島が大津にささげた手向草ではなかったか。そうして川島は紀伊の旅のちょうど一年後の持統五年九月に没する。

なおこの歌は題詞の分注に「山上臣憶良の作なり」とある。それが正しいとすると、この歌は憶良の代作で、おそらく憶良は川島に仕える帳内《とねり》（従者）の一人であろう、とする説があり、私もその可能性は高いと思う。しかしそれにしても代作者は、自分の仕える主人（川島）の心中を十分了解しての作であり、それだから主人も自作として発表したのであろう。この時憶良は川島より三歳若い三十一歳、代作を認めると、年代のわかる憶良の歌としてはもっとも早い時期の作品である。

志貴皇子とむささびの歌

川島皇子の異母弟の志貴皇子は、同じ天智天皇の子という立場から、天武・持統朝における川島の動静を見つづけていた。川島は持統朝に不遇であったらしいことは前述したが、志貴も天武朝の朱鳥元年八月に封戸二〇〇戸を加えられたのち、持統一一年間に、書紀に名がみえるのは、持統三年六月に「善言」という書物を編纂する役所かと思われる撰善言司の一員に任命されたことだけで、位階の昇進や封戸の加増は一度もない。目だたない立場に身を置いていた、あるいは置かれていたと言ってよかろう。文武朝以降には彼の宮廷の地位も高まってくるのであるが、政界に力を伸ばすことはなかった。

そんな志貴であったが、前にふれたように万葉集にかずかずの名歌を残したことはよく知られている。そのなかでさして秀歌とはいわれないが、問題になる歌がある。

志貴皇子の御歌一首

むささびは木末《こぬれ》求むとあしひきの山の猟夫《さつを》にあひにけるかも　（巻三―二六七）

むささびが移動するときは、木のいちばん高いいただきに登り、四肢をひろげ滑空してつぎの木に跳びうつる。その習性を知る猟師は、むささびが木末《こぬれ》に駆け登ろうとするところを狙って射止めるという。そのようにして猟師にとらえられたむささびを歌った歌で、むささびへの同情が感ぜられるが、高望みをして身を亡ぼした人をむささびに譬えた歌とする説も古くからある。加藤千蔭《ちかげ》の『万葉集略解』には、大友皇子や大津皇子のことが思われると言っている。

沢瀉《おもだか》久孝氏はこれら諸説を紹介したうえで、「捕られたむささびを見ての作として、そのまゝ理解が出来、さうした場合の作が別（六・一〇二八）にもあるので、寓意を考へるに及ばないであらう」とし（『万葉集注釈』巻第三、中央公論社）、稲岡耕二氏が「とらえられたむささびに対する思いを歌ったものとすなおに解しておきたい」（和歌文学大系『万葉集』一、明治書院）というように、寓意と見ないとする説が有力のようである（沢瀉氏のいう巻六―一〇二八の歌は「ますらをの高円山に迫《せ》めたれば里に下り来《け》るむささびぞこれ」）。

しかし吉永登氏のように寓意すなわち比喩の歌とする研究者もいる。吉永氏が奈良県吉野郡大塔村篠原で土地の人から聞き取ったところでは、むささびは木の幹に穴をあけて巣としている。それを捕獲しようとすると、巣のあるあたりの木の幹をコツコツとたたく。むささびは気持ち悪がって穴から飛び出すが、習性に従ってかならず一度梢のほうに駆け上り、滑空して隣りの木に移る。木を駆け上るところを打ち落す、というのである。吉永氏はこの話を聞いて、志貴皇子の歌を思い出し、「特殊な猟法に興味を持った志貴皇子が、その習性のゆえに殺されたムササビの上をすなおに歌ったものと言うべきであろう」とした（「むささびは木ぬれ求むと」、吉永著『万葉――通説を疑う』創元社）。

ここまでなら従来の説とかわりはないが、この論文の「追記」に、「前述のように解しても、なお比喩歌であることは、おそらく間違いないであろう。ただ何を比喩するものかはもとよりわからない」とある。

しかし、この歌を作ったとき、志貴の胸中を去来したのは大津のいたましい死であったろう。吉永氏の報文にもとづいて私はつぎのように考えたい。さきに述べたように鸕野皇后は大津の周辺にきびしい監視網を張り、重圧を加えて大津の動きを待った。大津は圧迫にたえきれずに動いた。動きの一つは伊勢の大伯皇女の許を訪ねたこと、一つは親友の川島に苦衷を訴えたことである。そこを狙い打たれて大津は命を失った。猟夫は鸕野、むささびは大津である。

川島といくつも年のちがわない志貴には、大津と川島に注がれる鸕野のつめたい眼の光がよくわかっていたであろう。余人の歌なら別だが、志貴の手になるこの歌は、寓意・比喩の歌と見るべきであろう。

懽びの歌の背景

志貴皇子の歌でもっとも有名なのは、万葉集巻八の巻頭のつぎの歌であろう。

志貴皇子の懽《よろこび》の御歌一首

石走《いはばし》る垂水《たるみ》の上のさわらびの萌え出づる春になりにけるかも　（巻八―一四一八）

集中屈指の名作として広く知られている。用語は平易で歌意に疑問はないが、題詞にみえる「懽」が何をさすかが問題となる。

江戸時代の学僧契沖は、どのような懽かはわからないが、としたうえで、摂津国豊島郡の垂水に封戸を賜わったことによるか、と推測した（『万葉集代匠記』）。『万葉考』（賀茂真淵）・『万葉集古義』（鹿持真澄）も契沖説に従っている。近代の注釈でも、土屋文明氏は『万葉集私注』で、摂津の垂水に増封されたためという想像も不可能ではない、といっている。

これらの説が封戸または封地に言及するのは、日本書紀・続日本紀の朱鳥元年（六八六）八月・慶雲元年（七〇四）正月・和銅七年（七一四）正月の諸条に封戸を加増されたことがみえ、とくに慶雲元年と和銅七年とが春のはじめの正月の加封だからであろう。あるいはそうかもしれないが、そのようなことで喜ぶのはあまりに現実的・実利的で、歌から読み取れる清純で澄明な心境にそぐわない感がする。そのためか、近ごろの注釈では加封の喜びとする説はあまり見当たらないようだ。

たとえば斎藤茂吉氏の『万葉秀歌』（岩波新書）は、『代匠記』以下の説は「稍穿鑿に過ぎた感じで」あるとして退け、金子武雄氏は「春の訪れに対するよろこびの歌とだけ考えて置きたい」（「天智天皇の諸皇子・諸皇女」『万葉集大成』九巻）とする。同様の注釈は他にも多く、それももっともな意見だが、志貴の心を動かす具体的な慶事はなかったのだろうか。

山崎馨氏は、気象学者山本武夫氏著『気候の語る日本の歴史』（『そしえて文庫』四　そしえて）に依拠して、七世紀後半の白鳳時代は冬の寒さが格別厳しい時期で、それだけに春を待つ心が深かったと考え、迎春の悦びを歌ったのであろうという（「白鳳の季節歌」、伊藤博・稲岡耕二編『万葉集を学ぶ』第五集、有斐閣）。

それも一案だが、いくら白鳳の冬が寒くても、春は毎年めぐってくる。またとくに志貴に対してだけ寒かったわけではない。懽の歌の詠ずるのは、迎春以外にも志貴の心をよろこばせる何かがあったと考えるのが妥当であろう。そこで封戸の加増が思いつかれたのだが、それ以外に志貴がこの歌を作る契機となった喜びごとはないだろうか。

それを的確に指摘することはなかなかむずかしい、というより不可能であろう。多くの人と同様、志貴の人生にあっても喜びと悲しみは無数に起るからである。けれど私は、もしかすると、つぎのようなことではないかという想像ないし仮説を抱いている。以下それを略述する。

持統の朝廷における志貴の立場がかならずしも恵まれたものでなかったらしいことは先述した。その理由は皇位継承の問題で持統に警戒されていたことによると思われる。天武が逝去して三年目に皇太子草壁が没したため、その翌年の持統四年正月、鸕野は皇位につく（持統天皇）が、草壁の嫡子で鸕野の嫡孫にあたる軽皇子（のちの文武）に皇位を譲りたいのが、彼女の本意であったことはよく知られている。この場合、持統の邪魔になるのは、皇位継承の有資格者である天智・天武の皇子たちであるが、とくに年かさで宮廷での序列が上位の皇子である。

序列上位といえば、例の天武八年の吉野盟約（四六ページ参照）に参列した六人の皇子たちであるが、そのうち一位と二位の草壁と大津はすでに死去し、四位の川島も持統五年に没した。残る三人のうち序列三番の高市は持統は太政大臣に任用して側近においた。高市は皇太子に準ずる高い待遇を享受する代りに、軽の即位を支持するという暗黙の契約ないし密約が、持統とのあいだに成立していたのではあるまいか。天智朝の末から持統朝にかけて政治の波瀾を見てきた高市は、それくらいの取引きをする才覚はあったろう。

忍壁皇子と志貴皇子との関係

あとは序列五位の忍壁と六位の志貴である。とくに天武の皇子である忍壁に注ぐ持統の眼はきびしかったであろう。彼の境遇については別に述べたことがあるので（「忍壁皇子」、拙著『飛鳥奈良時代の研究』塙書房）省略するが、持統の朝廷にはまったく姿を見せず、ふたたび史上に姿をあらわすのは文武四年（七〇〇）六月のことである。文武（軽皇子）の即位によって、持統が警戒を緩めたからであろう。これ以後、忍壁は藤原不比等《ふひと》と結んで文武朝に重きをなし、大宝元年（七〇一）大宝令施行とともに三品となる。

忍壁ほどではないが、志貴もすでにふれたように、持統の治世では息をひそめて暮していたのではないか。そして大宝三年九月に四品の位をもってふたたび歴史の表《おもて》に登場する。彼もまた文武朝にはいって大きく呼吸することができたのである。

その彼が忍壁の同母妹の多紀皇女を妻としているのは偶然であろうか。それは万葉集巻四にのせる春日王の歌（六六九）の題詞に、

春日王歌一首　志貴皇子之子、母曰二多紀皇女一也。

とあるのでわかる。多紀は文武二年九月に伊勢斎宮に遣わされ、大宝元年二月に泉内親王と交替して大和へ帰ったと考えられるから、志貴との結婚はそれから間もなくのことであろう。志貴は天武系皇族の長老として宮廷に返り咲いた忍壁の義理の弟の地位を得たのである。

このとき志貴は、長くきびしい冬が終り、希望の春がめぐって来たと感じたのであるまいか。「懽の御歌」はこの時に作られたのかもしれないと私は想像するのである。

柿本人麻呂とその時代——持統天皇の信頼のもとに

持統と天武を比較する

いままでに見てきたように持統天皇は、辛辣な政治家であり、冷酷なまでに冷静な政略家であった。理性的・現実的な性格であったと思われる。それにくらべると夫の天武天皇は、感情的で気の弱いところがあり、ウエットな性格であったのではないか。天武の気がやさしいことは、彼が天智十年十月に近江大津宮を出て吉野に入る時のことを回想した作と思われるつぎの歌、

み吉野の　耳我《みみが》の嶺《みね》に　時なくそ　雪は降りける　間なくそ　雨は降りける　その雪
の　時なきがごと　その雨の　間なきがごと　隈《くま》も落ちず　思ひつつぞ来《こ》し　その

山道を　（巻一―二五）

からもうかがわれるが、壬申の年の六月二十四日、挙兵を決意して吉野を脱出、東国に入ろうとした際、部下の一人が、十分な準備もなく挙兵することの危険を説くと、天武は動揺して、すでに募兵のために先発した村国男依《むらくにのおより》らを呼び返そうと思欲《おも》った、というエピソードにも表われている。天武八年五月の吉野の盟約の場合でも、盟いを立てたのち、自分の衣の襟を開いて六人の皇子を抱きよせたというのも、いかにもウエットである。

それに対して持統はドライである。天武の名で施行される政策のなかには、持統の決断・推進によるものが少なくなかったのではあるまいか。書紀持統前紀の天武二年条に、「皇后、始めより今に迄《いた》るまでに、天皇を佐《たす》けて天下を定めたまふ。毎《つね》に侍執の際に、輒《すなは》ち言ふこと、政事に及び、毘補《たすけおぎな》ふ所多し」とある。この文は『史記』呂《りょ》后本紀（あるいは『漢書』高后紀）、『後漢書』馬皇后紀等に依ってはいるが、たんなる文飾ではあるまい。持統の理性的な面は有名なつぎの歌に表われている。

天皇の御製歌《おほみうた》

春過ぎて夏来《きた》るらし白たへの衣干したり天の香具山　（巻一―二八）

香具山を覆ふ木々のつややかな新緑と、初夏の輝かしい日の光に照りはえる衣の白さとの対照が鮮明な、すっきりとかげりのない歌である。同じ香具山をうたっても、柿本人麻呂歌集のつぎの歌にくらべるとよくわかる。

ひさかたの天の香具山この夕霞《ゆふべ》たなびく春立つらしも　（巻一〇―一八一二）

夕がすみに包まれたウエットな情景であるのに対し、持統の香具山はドライといってよいであろう。

天武を憶う持統の歌

持統の理性的で現実的な性格は、挽歌《ばんか》にも表われている。つぎに挙げるのは天武の死に際して作った歌である。

天皇の崩《かむあが》ります時に大后《おほきさき》の作らす歌一首

やすみしし　我が大君の　夕されば　見《め》したまふらし　明け来れば　問ひたまふらし
神岡の　山の黄葉《もみち》を　今日もかも　問ひたまはまし　明日もかも　見《め》したまはまし
その山を　振り放《さ》け見つつ　夕《ゆふ》されば　あやに哀しみ　明けくれば　うらさび暮らし

あらたへの　衣《ころも》の袖は　乾《ふ》る時もなし
（巻二―一五九）

本来、殯宮《もがりのみや》に捧げられる挽歌は、死者の肉体から遊離した魂を呼びもどし、死者を蘇生させるための呪術の要素を持っている。霊魂が肉体から決定的に離脱するまでは、原始信仰では殯宮に安置された死者はほんとうの死者ではないのである。しかし右の持統の挽歌は、在りし日の天武の平穏な日常のすがたを、深い愛情をもってうたってはいるが、天武はすでに過去の人と認識されており、それをこの世に呼びもどそうとする呪術の陰影はまったく見られない。

これに対し、天武より一五年前に没した天智天皇のために倭姫《やまとひめ》皇后の作った挽歌はつぎのようである（題詞略）。

いさなとり　近江の海を　沖離《さ》けて　漕ぎ来る舟　辺つきて　漕ぎ来る舟　沖つ櫂《かい》
いたくなはねそ　辺つ櫂　いたくなはねそ　若草の　夫《つま》の　思ふ鳥立つ
（巻二―一五三）

近江の海の沖こぐ船よ、岸近くこぐ船よ、櫂をはねずに静かに漕いでくれ、私の夫の思いがこもっている鳥、御魂を運ぶ鳥が驚いて飛びたたないように、という意味であろう。そうした呪術性が持統の挽歌では影をひそめている。倭姫の歌をもう一つ挙げておこう。

青旗の木幡の上を通ふとは目には見れども直《ただ》に逢はぬかも　（巻二―一四八）

「近江天皇の聖体不予、御病急《には》かなる時」という詞書《ことばがき》がある。天智が危篤に陥り、霊魂はすでに肉体をぬけだして木幡《こはた》（青旗は枕言葉）の山の上を飛んでいるのは、まぼろしとしては見えるけれど、じかにお逢いすることはできない、という意であろう。木幡を葬送の行列の旗とみることもできる。神韻縹渺《しんいんりょうびょう》たる幻想の世界である。

持統にはまたつぎのような歌もある。

天皇の崩《かむあが》りましし後の八年の九月九日、奉為《おほみため》の御斎会《ごさいゑ》の夜、夢の裏《うち》に習ひ賜ふ御歌一首　古歌集の中に出づ

明日香の　清御《きよみ》原の宮に　天の下　知らしめしし　やすみしし　我が大君　高照らす
日の御子　いかさまに　思ほしめせか　神風の　伊勢の国は　沖つ藻も　なみたる波
に　塩気のみ　かをれる国に　うまこり　あやにともしき　高照らす　日の御子

（巻二―一六二）

天武没後の八年は持統七年（六九三）、九月九日は天武の命日である。書紀の持統七年九月丙申条に「浄御原天皇の為めに無遮大会《むしゃたいゑ》を内裏に設く」とある。九月は丁亥が朔なので、丙申は十日に当り、九日の斎会《さいえ》（食事の設けのある法事）のことはみえない。命日の斎会は恒例の行事なので記載を省略したかと思うが、書紀の干支が一日ずれているとする説もある。いずれにせよ、持統は夫の命日の法事の夜に、幻影ではなく、夢で亡夫を見ているのである。

このとき彼女がみたのは、持統七年からちょうど二一年まえの壬申の年、潮風あらい伊勢の海辺の道に馬を進める天武の雄姿である。それは、天武の遺志をついで浄御原令を施行し、藤原宮と京の建設に着手して、新しい政治に邁進しようとする持統をはげますものであったろうが、まぼろしとしてではなく、夢として見るところを私は持統の特色としたい。

呪術性の克服と和歌の発展

葬祭の歌において呪術性を克服・脱却して、人間的な感情を表出することは、持統の個性にだけよるのではなく、時代の傾向でもあった。すでに大化二年（六四六）三月に出された詔りに、

凡そ人死亡ぬる時に、若しくは自ら経《わな》きて殉《したが》ひ、或いは人を絞《くび》りて殉はしめ、及強《またあなが》ちに亡人の馬を殉《したが》はしめ、或いは亡人の為に宝を墓に蔵《をさ》め、或いは亡人の為に髪を断ち股を刺して誄《しのびごと》す。此の如き旧俗、一《もは》ら皆悉《ことごと》く断《や》めよ。

とある。従来は死者を追悼・慰霊のために、殉死し、または人を殉死させ、あるいは自分の肉体を傷け、財物を埋葬するという原始的な方法がとられていたのを、大化の新政府は匡正して旧俗を改め、合理的・文明的な葬法に改めようとしたことが察せられる。その際、文化的な死者追悼の手段として案出された一つが、挽歌の奏上ではあるまいか。

この挽歌の文学的成長をおくらせたのは、喪葬にともなう呪術的感覚であろう。殉死や身体損傷の風習は法制によって止めることはできるが、死に対する考え方を早急に変えさせることはむずかしい。喪葬儀礼における呪術の眼目は、さきにふれたように、死者の霊魂をこの世に呼びもどすことであり、挽歌もそれを前提として作られる。人は気息が絶えても、霊魂が肉体を遊離しただけで、肉体にもどってくれば人はよみがえる。死はまだ決

定的ではない。死者に対して、残された者は死者への歎きを歌うわけにはいかない。初期の挽歌にはそういう限界があった。

しかし時代の変化は呪術的要素をしだいに消してゆく。とくに壬申の乱に勝った天武は中央集権の体制の形成をめざし、天武十年に律令の編纂に着手したことからも察せられるように、律令的な官司が整備されたことが、この傾向を早めた。書紀編者の修飾を考えなければならないが、天武紀には神官・納言・大弁官・法官・大学寮・民部卿・兵政官・宮内卿・外薬寮・京職等の官司・官職名が見え、朱鳥元年（六八六）九月の天武の葬儀の記事には令制八省のうち六省の前身である法官・理官・民官・兵政官・刑官・大蔵の六官の名がみえる。

このうち神官は祭祀を掌る神祇官の前身、理官は喪葬のことを掌る喪儀司を被官とする治部省の前身である。かつては後宮の女性が多く関与した祭祀も喪葬も、男性官人を主とする神官・理官で公式に取り扱われるようになる。もちろん祭祀や喪葬のすべてが神官・理官で行なわれるのではなく、国家的祭祀あるいは天皇・皇族や高級官人の喪葬に限られるが、かつての幽暗で神秘な喪葬にともなう死生観を変化させ、呪術的要素を減少させるのに力があったであろう。挽歌における呪術性の脱却はこうして可能になり、挽歌を呪言としてでなく、人の死を悲しむ人間的感情の表白として、すなわち文学としてうたう条件がつくりだされた。持統の挽歌のもつ新しさは、こうした情勢のもとに詠まれたのである。彼女の「香具山」の歌にみえる理性的・現実的な歌風も、それとは無関係ではあるまい。

新しい挽歌の出現

大伯皇女が弟の大津皇子の死を弔って作ったつぎの挽歌も、同じ系統の歌である。

大津皇子の屍を葛城の二上山に移し葬る時に、大伯皇女の哀傷して作らす歌二首

うつそみの人なる我や明日よりは二上山を弟《いろせ》と我《あ》が見む

磯の上に生ふるあしびを手折らめど見すべき君がありといはなくに

（巻二―一六五・一六六）

大伯皇女は弟の死をはっきりと見定めて歎く。倭姫皇后が、

人はよし思ひやむとも玉かづら影に見えつつ忘らえぬかも

（巻二―一四九）

と歌うのとは違うのである。

天武朝以降の挽歌と天智朝までの挽歌のちがいの一つは、前述した通り人の死を死として悲しむ人間的感情の表白にあるが、もう一つは天智以前は挽歌の作者に女性が多いのに対し、天武以後は男性が多いことである。

かつては女性が多かったのは天皇や貴族に限らず、重病の床にある人を看護し、死をみとるのは多くの場合、女性であることによるのだろうが、悲しみの感情は元来ひと目をさけて表されることにもよるのではあるまいか。葬送の列にあって悲しさを表わすのが哭女《なきめ》の役であるように、葬儀において悲しみを表現するのは、女の役割であったと思われる。おもてで働くことをたてまえとする男は、とざされた喪葬の場で歎くことはふさわしくないとされていたのだろう。

柿本人麻呂の登場

しかし天武朝にはいって官制が整ってくると、天皇や貴族の葬儀には官司・官人が関与し、男性も挽歌の制作に従事してくる。そうした男性歌人を代表するのが柿本朝臣人麻呂である。彼は持統天皇や大伯皇女によって試みられた新しいタイプの挽歌をひきつぎ、死別の歎きをさらに強く深く歌いあげたのである。けれども人麻呂の挽歌は、ただ死別の悲しみを歌っただけではない。人麻呂挽歌の代表作とされる高市皇子の殯宮に献ぜられた歌（巻二―一九九）では、……ちはやぶる　人を和《やは》せと　まつろはぬ　国を治めと　皇子《みこ》ながら　任《ま》けたまへば　大御身《おほみみ》に　大刀《たち》取り佩《は》かし　大御手に　弓取り持たし　御軍士《みいくさ》を　あどもひたまひ　……

と壬申の乱における軍功が力をこめて叙述される。草壁皇子のための挽歌（巻二―一六七）でも、

……我が大君　皇子《みこ》の尊《みこと》の　天の下　知らしめしせば　春花《はるはな》の　貴からむと　望月の　たたはしけむと　天の下　四方《よも》の人の　大舟の　思ひ頼みて　……

と草壁を讃美する言葉をつらね、文武四年（七〇〇）に没した明日香皇女の挽歌でも、まず生前の皇女の姿を美しくえがくことから歌いはじめる。考えてみれば、私的な場で女が悲しみの情をうたうのに対し、公けの場で貴人にほめことばを奉するのは、日本書紀の推古二十年（六一二）条に蘇我馬子が天皇に酒を献じて、

やすみしし　我が大君の　隠ります　天の八十蔭《やそかげ》　出で立たす　みそらを見れば　万《よろづ》代《よ》に　かくしもがも　千代にも　かくしもがも　畏《かしこ》みて　仕へ奉《まつ》らむ　拝《をろが》みて　仕へまつらむ　歌づきまつる

と歌った例にみるように、男の役目であった。人麻呂の挽歌において、男の歌と女の歌と

が合体し、前半部のほめうたが後半部でうたわれる悲しみの情を、ひときわ強く読者に印象づけるのである。

挽歌がこうした構造をもつことができたのは、人麻呂の大才もさることながら、浄御原令のなかに喪葬令《そうそう》が定められ、喪儀司の前身官司が成立して、喪葬儀礼が公式の場で行なわれるようになったことにも因ると思われる。

吉野行幸讃歌の二面

挽歌だけでなく、讃美の歌でも人麻呂は持統に代表される新しい歌風をさらに発展させたといえよう。讃美の歌としては、「吉野宮に幸す時に、柿本朝臣人麻呂の作る歌」と題する、いわゆる吉野讃歌がもっとも有名である。長い歌であるがつぎにそれを掲げる。

やすみしし　我が大君の　聞こしをす　天の下に　国はしも　さはにあれども　山川の　清き河内と　御心を　吉野の国の　花散らふ　秋津《あきづ》の野辺に　宮柱《みやばしら》　太しきませば　ももしきの　大宮人は　舟並《ふねな》めて　朝川渡り　舟競《ふなぎほ》ひ　夕川《ゆふがわ》渡る　この川の　絶ゆることなく　この山の　いや高知らす　みなそそく　滝のみやこは　見れど飽かぬかも

反　歌

見れど飽かぬ吉野の川の常滑めの絶ゆることなくまたかへり見む

（巻一―三六・三七）

やすみしし　我が大君　神ながら　神さびせすと　吉野川　激《たぎ》つ河内《かふち》に　高殿を　高知りまして　登り立ち　国見《くにみ》をせせば　たたなはる　青垣山　やまつみの　奉《まつ》る御調《みつき》と　春へには　花かざし持ち　秋立てば　黄葉《もみち》かざせり　行き沿ふ　川の神も　大御《おほみ》食《け》に　仕へ奉ると　上つ瀬に　鵜川《うかは》を立ち　下つ瀬に　小網《さで》さし渡す　山川《やまかは》も　依りて仕ふる　神の御代かも

反　歌

山川《やまかは》も依りて仕ふる神ながら激《たぎ》つ河内に舟出《ふなで》せすかも

（巻一―三八・三九）

人麻呂からこの四首の歌を献呈された天皇が、称制を含めて一一年の在位中三一回吉野離宮に行幸した持統であることはまちがいない。どの時の行幸での作かは不明だが、即位の前年の持統三年正月の行幸を加えて、比較的早い時期の作とみてよいだろう。長・短二首をセットとする二組の歌が同時の作かどうかは議論の存するところだが、人麻呂の作歌の態度——したがって内容——に差異があるので、私としては異なる時の作と考えたい。

歌の文学的価値については、

人麻呂の作品のうちこの歌ほど評価の分裂している作品は珍しい。伊藤左千夫のように、人麻呂随一の傑作として激賞する評者もあれば、長谷川如是閑のようにほとんど価値を認めない評者もある。（金井清一「柿本人麻呂の吉野讃歌」、伊藤・稲岡編『万葉集を学ぶ』一〈前述〉）

と言われるような状態であり、本稿ではこの問題には立ち入らない。

この二組の歌を比較すると、前者（三六・三七番、Aとする）も後者（三八・三九番、Bとする）も吉野の山川の美しさを描写して讃歌としているが、Aでは「天の下に　国はしも　さはにあれども　山川の　清き河内と」とあり、清らかな山川を美の主眼としているのに対し、Bは「神ながら　神さびせすと　吉野川　激《た》ぎつ　河内に」と、神のまま神のわざのできるところとしての吉野川の河内に、とうたっている。神代のままに神々しい自然を褒めたたえているのである。

そこで立ち働いて天皇に仕えるのは、Aでは、「舟並めて朝川渡り　舟競ひ夕川渡る」

「ももしきの大宮人」であるに対し、Bでは、御調を奉る「山神《やまつみ》」と大御食に仕える「川の神」である。反歌でも、Aで吉野の川をかえり見ようと言っているのは作者の人麻呂、Bでは山川の神の仕える天皇が神として吉野川の激流に船出すると歌っている。

これを要するに、Aでは天皇に仕える大宮人がいるだけで神の姿はなく、Bでは天皇の他に人の姿はなく、神々だけが天皇に仕えている。Aは人間の世界として吉野をたたえ、Bは神の世界として吉野を讃めている。Aで人間世界の王であった天皇は、Bでは人間に尊信され、人間を超越する神々の奉仕を受ける王である。天皇の尊貴性・尊厳性をうたう儀礼歌としてみれば、BはAよりも一段と進歩しているといえよう。

持統天皇の二重性

しかしそのような儀礼歌は、呪術を克服して人間性を回復した持統や大伯皇女らの達成を継受し発展させたものと言えるであろうか。おそらくそうではなくて、天智・天武・持統の三代の政治の展開によって中央集権的古代国家が成立し、その帝王として君臨する持統がカリスマ性を帯びるにいたったことと、Bの吉野讃歌とが対応するのであろう。持統自身も、Aの讃歌をよろこんで受けいれたであろうが、Bの讃歌をいっそう喜びとしたと思われる。

持統は「志斐《しひ》嫗《のをみな》に賜ふ御歌」では、

否と言へど強《し》ふる志斐《しひ》のが強《し》ひ語りこのころ聞かずて朕《われ》恋ひにけり（巻三―二三六）

と歌って人間的一面を露わにしているが、一方では柿本人麻呂の作歌、

大君は神にしませば天雲《あまくも》の雷《いかづち》の上に廬《いほ》りせるかも（巻三―二三五）

を嘉納している。律令国家の天皇が専制君主かどうかは議論のあるところだが、天武や持統が人間性をもつ君主であるとともに神権的君主であるという二面性を持つことは否定できないと思う。A・B二つの吉野讃歌は、持統のこの二面性に即応する歌である。

人麻呂と忍壁皇子の関係

人麻呂は豊かな歌才に加えて、こうした時代の流れ、宮廷官人の動向、持統の心理を的確に見抜く資質を持っていたのであろう。多くの研究者が認めるように宮廷歌人として持統の信任を得ていたと思われる。しかし彼が歌の面で関係をもったのは持統だけではない。有力な皇族では前にふれた川島皇子（六八ページ）の他に、本節で取り上げた草壁皇子と高市皇子とがある。この三人の葬儀に挽歌を献じているのである。ただしこの三皇子の場合、生前人麻呂とどのような関係にあったかは明らかではない。草壁皇子だけは人麻呂が舎人として仕えていたとする説が有力であるが、確証があるわけではない。草壁は天武の皇太子であるうえに、持統の生んだ実子であるから、人麻呂の挽歌制作が持統の下命による可能性も大きい。高市は持統の実

子ではないが、天武朝の皇子の序列の第三位、草壁と大津両皇子が没したあとの持統朝では第一位、そして持統四年七月に太政大臣に任ぜられて天皇の政治を補佐したあいだがらである。人麻呂が持統の命を受けて高市の挽歌を作ったことは十分に考えられる。

問題は川島皇子のための挽歌の制作であるが、さきに挽歌の題詞と左注を引いて説明したように、この挽歌は川島の妻の泊瀬部皇女と、皇女の兄の忍坂部（忍壁）皇子とに献ぜられている。題詞に忍壁の名が見えることからすると、人麻呂が挽歌を作ったのは川島皇子夫妻と親しかったからではなくて、忍壁の依頼によるのではないかと思われる。そのように私が考えるのは、さきに引いた「大君は神にしませば天雲の」（九八ページ）の歌の左注に、

　右、或る本に云はく、忍壁皇子に奉れるなりといふ。その歌に曰く、「大君は神にしませば雲隠る雷山《いがづちやま》に宮敷きいます」

とあること、および柿本人麻呂歌集につぎの歌がみえることによる。

　　忍壁皇子に献る歌一首 仙人の形を詠む

とこしへに夏冬行けや裘《かはごろも》扇放《はな》たぬ山に住む人　（巻九—一六八二）

忍壁に献じた「仙人の形を詠む歌」のことは別に詳しく述べたことがある（拙稿「忍壁皇子」、拙著『飛鳥奈良時代の研究』塙書房）が、草壁・大津の没後は、天武の皇子のうちでは忍壁が高市に次ぐ地位にあり、幼少の軽皇子（のちの文武）の有力な競争相手として持統に警戒されて、宮廷から疎外されていたと思われる。彼のことは朱鳥元年（六八六）八月に封一〇〇戸を加えられた記事を最後として、書紀からは姿を消し、史上にふたたび現われるのは一四年後の続日本紀文武四年（七〇〇）六月条である。志貴皇子の場合と同様（八二ページ参照）、文武の即位の実現により持統が警戒を解いたことによると思われる。前記の仙人の形を詠んだ歌は、忍壁の不遇時代に、人麻呂が忍壁を慰めるために贈ったものであろう。そういう関係にあったので、忍壁は夫を失って悲嘆にくれている妹の泊瀬部皇女のため、川島の挽歌の作製を人麻呂に依頼したものと考えられる。

長・弓削両皇子との関係

また人麻呂が天武の妃の大江皇女の生んだ同母の兄弟、長《なが》皇子と弓削《ゆげ》皇子とかかわりのあったことも注意される。長に関しては万葉集に、「長皇子、猟路《かりぢ》の池に出でます時に、柿本朝臣人麻呂の作る歌一首并せて短歌」という題詞を持つ歌がある。長歌の全体を挙げるのは省略するが、

やすみしし　我が大君　高光る　我が日の皇子の　馬並《な》めて　み狩《かり》立たせる

と歌い起し、

ひさかたの　天見るごとく　まそ鏡　仰ぎて見れど　春草の　いやめづらしき　我が大君かも

（巻三―二三九）

と歌いおさめ、

ひさかたの天行く月を網に刺し我が大君は蓋《きぬがさ》にせり

（巻三―二四〇）

と反歌一首を添える。

弓削皇子については、柿本朝臣人麻呂歌集にみえるのだが、巻九に「弓削皇子に献る歌」として三首（一七〇一～一七〇三）・一首（一七〇九）・一首（一七七三）の計五首が見える。一々の掲出は略するが、そのなかで、

御食《みけ》向かふ南淵山《みなぶちやま》の巌《いはほ》には降りしはだれか消え残りたる

（巻九―一七〇九）

は名作として有名である。原作がかりに民謡であっても、いずれも人麻呂が手を加えて弓削に献じた歌であろう。

この兄弟の皇子が注目されるのは、懐風藻の葛野《かどの》王の伝によると、高市皇子が持統十年に没した後、持統が宮中に皇族や公卿百官を集めて皇嗣をだれにするかを議した時、葛野王が持統の意中を察して軽皇子を皇太子に立てることを提案したのに対し、異議を申し立

てようとしたのが、弓削皇子だからである。「持統の意中」というのは、次の天皇として最有力であった太政大臣の高市皇子が没したため、持統が自分の直系の孫の軽皇子（持統の生んだ草壁皇子の子）をつぎの天皇にしたいと思っていたことを指す。それはかねてからの持統の宿願であった。弓削もその持統の意中を知らなかったわけではあるまいが、異議申立てをしたのである。彼は何を言おうとしたのか。

懐風藻の文章は簡略で、「弓削皇子、座に在り、言ふこと有らんと欲す」とだけしか書いてないが、おそらく弓削は、皇位継承者には天武の孫の軽皇子より、天武の子で自分の兄の長皇子が妥当であると言おうとしたのであろう。これに対し、懐風藻には「王子叱し、乃ち止みぬ」（葛野王が叱りつけ、弓削皇子も黙した）とあり、皇嗣問題は持統の意の通りにきまる。

弓削が推そうとしたと思われる長皇子は、例の吉野の盟約には見えないが、母は天智の皇女の大江で、血統には申し分がない。草壁・大津・高市が没し、忍壁が持統に忌避され宮廷外に去ったと思われる持統朝末年には、天武の皇子の序列では、長は天智の娘の新田部皇女を母とする舎人皇子とともにもっとも上位にあったと思われる。この時期に長と舎人は、軽皇子の強力なライヴァルであった。

人麻呂は忍壁だけでなく、この兄弟にも親しみ、長を前述のように「我が大君高光る我が日の皇子」と歌い、「いやめづらしき我が大君」と称《たた》えている。

さらに柿本人麻呂歌集には、「舎人皇子に献る歌」も三組六首（巻九―一六八三・一六八四・一七〇四・一七〇五・一七七四・一七七五）みえる。人麻呂は舎人皇子のもとへも出入していたのであろう。舎人へ献じた歌はおおむね相聞風で、それほど深い意味はなさそうだし、舎人も持統朝から文武朝へかけては、持統九年に浄広弐を授けられ、慶雲元年（七〇四）には二品の地位にあって封二〇〇戸を加増されたぐらいで目立った動きはないが、有力な皇子であることに疑いはない。

持統は人麻呂をどう見たか

こうした軽皇子のライヴァルになり得る、また現にライヴァルである皇子のもとに人麻呂が出入するのを、持統はどう見ていただろうか。忍壁は前述のように宮廷から追放されたと思われる人物であり、弓削は皇嗣を決定する会議で軽の立太子に反対しようとしたし、長はその兄である。しかも人麻呂は忍壁に「大君は神にしませば」とたたえる歌を贈り、長のことを「やすみしし我が大君高光る我が日の皇子」あるいは「いやめづらしき我が大君」と尊んでいる。

おそらく持統はそうした人麻呂の行動をよろこばず、眉をひそめて見ていただろう。しかし彼女は、帝王としてのプライドがあり、また書紀の持統前紀に「深沈にして大度あり」とあるように度量があった。人麻呂が自分に心服していて、自分の信頼を裏切ることはないという自信もあったのであろう。彼女は人麻呂の動きを制約したり、まして処罰することは考えなかったと思われる。

人麻呂はそのような持統の心理を察していたのではなかろうか。忍壁・長・弓削と交わることを天皇は好まないだろう、しかしそれ以上に天皇は自分の才能を愛してくれている。その自分の才能は、これらの才智ある皇子と自由に交わることによっていっそう伸びるのである。それを知らない天皇さまではあるまい。――想像にすぎるけれども、あるいは人麻呂はこう考えたかもしれない。

二人の関係を思うとき、私は豊臣秀吉と千利休の関係を想起せざるを得ない。利休は秀吉の許容の範囲を越えて逆鱗に触れたために死を賜った。また、はじめローマの皇帝ネロの寵を得て宮廷に仕えた文人ペテロニウスは、シェンキヴィッチの作『クオ・ヴァディス』に描かれているように、のちネロの不興を買って、自殺を命ぜられる。持統と人麻呂の場合は、持統の器量が大きかったのか、人麻呂が賢明であったのか、破局には至らなかった。しかし大宝二年（七〇二）に持統が没して以後は、宮廷での人麻呂の姿はしだいに見られなくなる。人麻呂が国司の一員として地方に出るのは、かならずしも文武朝以降とはいえないが、文武天皇の信頼を得ることはできず、地方勤務が多くなるのではなかろうか。

奈良朝初期の政治と歌人

元明天皇と御名部皇女——皇位をめぐる姉妹の心のうち

話がすこし前にもどるが、持統三年（六八九）四月、即位が予定されていた皇太子の草壁《くさかべ》皇子が死去したとき、遺児の軽《かる》皇子は七歳の少年であった（六二ページ）。あとをついで天皇になるには幼少にすぎる。そこでよく知られるように草壁の生母で軽には祖母にあたる鸕野《うの》皇太后が位をついで天皇（持統）となり、軽の成長を待った。その持統十年に太政大臣で、次期天皇の有力候補でもあった高市皇子が死んだあと、持統は宮中に皇族や貴族らを集めて皇嗣を議したことは前節に記した。その結果、軽が皇太子となり、持統十一年（六九七）八月持統から位を譲られ、即位した。草壁の死から八年が経っており、軽も十五歳になっていた。文武天皇である。

文武天皇没す

文武天皇は即位の五年目の七〇一年三月、朱鳥元年（六八六）から一五年ぶりに大宝の年号を定めた。この年正月元日、文武は藤原宮の大極殿に御し、盛大に元旦の儀式を行なった。続日本紀は「文物の儀、是に備われり」と記している。八月には律令が完成した。大宝律令である。全面的な施行にはなお若干の年月がかかるが、多年懸案であった古代国家はひとまず成立したといってよかろう。

それから五年後の慶雲三年（七〇六）十一月、文武は病床に臥し（元明天皇前紀）、翌慶雲四年六月に逝去した。父の草壁皇子は二十八歳で没したが、文武はこのとき二十五歳、夫人の藤原宮子の生んだ首《おびと》親王（のちの聖武天皇）は大宝元年の生誕で、まだ七歳にしかなっていない。文武（軽皇子）が草壁の死後すぐには皇位につけなかったのと同様、七歳という年齢では当分皇位につく見込みはない。

子から母への皇位継承

首親王の将来についてもっとも心配したのは、草壁の妃で文武の生母である阿陪皇女であろう。首の祖母に当り、草壁が没したときの軽皇子の祖母・持統と同じ立場である。首の生母の宮子も気をもんだことであろうが、続日本紀天平九年（七三七）十二月条に、宮子は「幽憂に沈み久しく人事を廃するが為に、天皇（聖武＝首）を誕《あ》れましてより曾《かつ》て相見えず」とある。首の誕生が難産であったため、

系図5

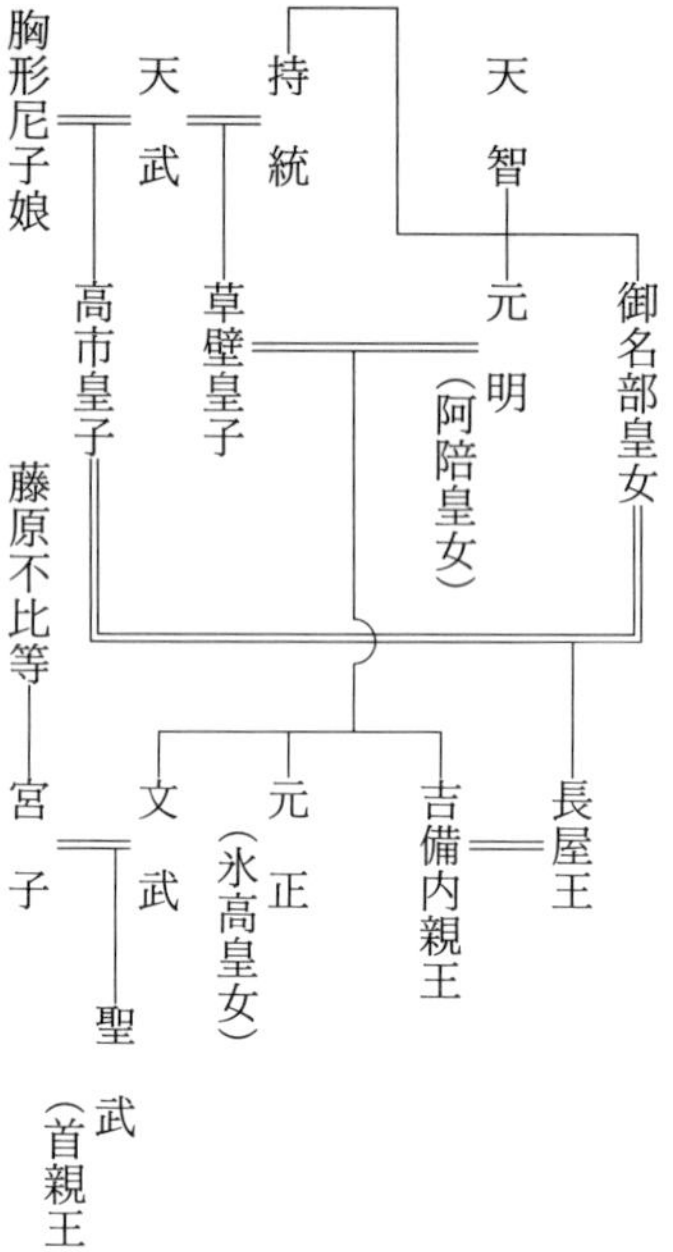

強度のノイローゼに落ちこんだのであろうか。首をめぐる事態を十分に理解していたとは思えない。

　宮子の父の不比等は、もちろん首の即位を熱望したであろうが、このとき大納言の不比等の権勢でもそれは不可能である。

　一方、皇位継承の有力な候補は、なん人もいる。弓削皇子は文武三年（六九九）、忍壁《おさかべ》親王は慶雲二年（七〇五）に没しているが、持統十年に高市《たけち》皇子が死んだ段階では皇位継承の有力候補の一人であった長《なが》親王をはじめ、穂積・舎人・新田部の各親王など、天武の皇子たちいずれも健在であった。そのうち天智の皇女・大江と新田部をそれぞれ母とする長・舎人の二人はとくに有力候補といえる。また持統朝に太政大臣として政治の衝に当って、次期の天皇の座にもっとも近かった高市皇子の長子長屋王もいる。その母は天智の娘・御名部皇女で、文武の母の阿陪皇女とは同母（蘇我姪娘）の姉妹である（天智紀の記載順からすれば、姉）。

これらの首親王のライヴァルの年齢は、文武の死んだ慶雲四年（七〇七）に舎人が三十二歳（『公卿補任』による）、長屋も同年の三十二歳（懐風藻による。このとき二十四歳とする説もある）と推定できる他はおおむね不明だが、叙位や賜封の年次からみて、三十歳前後から三十歳代の範囲と思われる。天皇となる資格を備えた人びとである。

こういうライヴァルにかこまれた首の立場は、草壁皇子が没したあとの軽皇子の立場にまさるとも劣らぬ困難な状況にあった。その状況のなかにあって、将来皇位を首に伝えるためには、軽の祖母であり草壁の母であった鸕野皇后（持統天皇）の方法に倣《なら》うほかはない、つまり首の祖母であり文武の母である阿陪皇女が皇位について、首の成長を待つという方法である。だがその方法に問題がなかったわけではない。

元明天皇の即位と問題点

慶雲四年六月十五日に文武が没した翌月の七月十七日、阿陪皇女は皇位についた。元明天皇である。しかし先帝の皇后でない皇女が天皇となるのはいままでに前例がないのである。この異例の即位の理由を、元明は即位の宣命のなかでつぎのように説明している。主要な部分を要約し、口語に直して示す。

去年（慶雲三）十一月に、恐れ多いことであるが、わが大君であり、わが子でもある天皇（文武）がおっしゃるには、「わが身体は病んでいる故に、暇を得て病を治したい。天つ日嗣《ひつぎ》の位は母上がお就きになって下さい」とお譲りになった。私は「自分はその任に堪えられない」と辞退申上げたが、その後もたびたびお譲りしようといわれるので、とうとう今年の六月十五日（文武の臨終の日）に、御命令をお受けすると申上げ、その通りにこの重い位を継ぐのである。

文武が前年の十一月に病気になったのは前にふれた。それは事実と思うが、母に位を譲ると遺詔《いしょう》したというのはどうであろう。阿陪皇女は皇后ではなかったほかにも、天皇の地位に即く資格に欠けるところがあった。それは政治を執り行なう実績のないことである。持統は皇后であった時も「毎《つね》に侍執の際、輙《すなは》ち言《こと》、政事に及びて、毗《たす》け補ふ所多」く（「侍執の際」は「天武の執務に侍っては」の意）、「天皇を佐けて天下を定む」といわれ（持統前紀）、政治の実績は十分あり、天武のあとをつぐことは不自然ではなかった。

これに反し、阿陪皇女はそうした経験を持たない。草壁の妃の時代、草壁は数年間皇太子として政治に関与したが、阿陪は政治とは無縁であった。子の文武の時代も、前記の即位の宣命のなかで彼女自身が言うように、文武に皇位を授け、「並び坐《いま》して此の天下を治め賜ひ諧《ととの》へ賜」うたのは持統太上天皇であった。阿陪がそれでも皇位に即いたのは、不比等の強い奨《すす》めと支持によるのであろうが、かなり危険な選択であったとも言える。それに不平・不満を持つ空気は宮廷の一部にかなり濃かったのではなかろうか。文武の譲位の遺詔によって位に即くことにしたというのは、宮廷の不平・不満をおさえるための作文のように思えるのである。

即位から五ヵ月後の慶雲四年十二月二十七日に諸官司の綱紀粛正に関する詔が出されたのも、そうした空気と無関係ではあるまい。詔は「凡そ政をする道は、礼を以て先とす」という言葉で始まり、「内外の庁前、皆厳粛ならず、進退礼無く、陳答度を失ふ」と聞くが、「自後厳しく糺弾を加へよ」と令するきびしい内容であった。

また令制では宮城（大内裏）と内裏を守衛する五衛府の制が整っているのに、慶雲四年七月、即位の四日後の二十一日に授刀舎人寮を設置したことも、宮廷の内外に不穏の情勢があったことを語る。授刀舎人寮の性格については、瀧川政次郎以来多くの研究があるが、元明天皇と首親王の安全を護るための軍事力であろう（拙稿「古代天皇の私的兵力について」拙著『飛鳥奈良時代の研究』塙書房）。

元明天皇の不安

万葉集巻一の「和銅元年戊申」の標目のもとに掲げられたつぎの二首は、この政情を背景に理解しなければならない。

天皇の御製

ますらをの鞆《とも》の音すなりもののふの大臣《おほまへつきみ》楯立つらしも

御名部皇女の和《こた》へ奉る御歌

我が大君ものな思ほし皇神《すめがみ》の継ぎて賜へる我がなけなくに　（巻一―七六・七七）

七六番歌の第三句「もののふの」は原文「物部乃」で、第三・四句を「物部《もののべ》の大臣《おほまへつぎみ》」と読む説もある。訓みはどちらにしても、軍事に関係が深く、かつて物部をウジとしていた石上《いそのかみ》朝臣麻呂のことであろう。彼は慶雲元年正月以来右大臣の地位にあった。朱鳥元年（六八六）八月以降石上朝臣を氏姓とするが、持統四年正月元日の持統天皇の即位の儀式に際しては物部麻呂の名で「大盾」を立てたことが日本書紀にみえる。延喜式の践祚大《だい》嘗《じょう》祭《さい》の条によると、物部氏系の石上・榎《えの》井《い》の両氏が正月元日と大嘗祭の当日に、宮門または大嘗宮門に「神楯戟《かみのたてほこ》」を立てることが定められており、続日本紀には天平十四年（七四二）正月元日に石上・榎井両氏が恭仁宮に「大楯槍」を樹て、同十七年正月元日には大伴・佐伯両氏が、石上・榎井両氏が不在であったので、代って「大楯槍」を樹てたとある。

石上・榎井両氏が正月元日に宮の門に楯槍を立てることが儀式としていつから確定したかは明らかでないが、物部系の氏族が元日に楯槍を立てることは古くからの伝統であろう。七六番の天皇すなわち即位したばかりの元明の歌は、月日は注記されていないが、元日の歌とみてよいだろう。武門の家の右大臣石上麻呂が古式にのっとって自ら指揮のもと、あるいはその意を受けた物部の氏人が、宮門に楯を立てて、軍備を固めているのである。そのうえ、鞆は矢を射る時に左手にはめて弓弦《ゆづる》を受ける道具だから、弓矢の訓練を行なっている音が聞えてくるというのである。それは軍事の訓練ではなく、現代も宮中で行なわれることのある鳴弦の儀と同様、邪気を払う呪術であるかもしれない。

それはどちらにせよ、元明にとっては心強い一面、そうして警備または呪術を行なわなければならない情勢であるという不安が、胸を閉ざしたであろう。

御名部皇女の歌の意味と反響

元明の不安な心中を察して、なぐさめ力付けるために作ったのが、姉の御名部皇女《みなべのひめみこ》の歌である。意訳をすれば、

天皇さま、御心配なさいますな。御先祖さまのおかげで、あなたのつぎには私がいるじゃありませんか。

ということになろう。おそらく御名部は、にわかに愛児を失った妹をなぐさめ、ともに天

皇家を護ってゆこうという姉としての親愛の情にあふれてこの歌を作ったのであろう。だがその歌いぶりはあまりにも無邪気でありすぎた。「われなけなくに（私というものがいます）」という言葉は、皇位継承をねらっているととられてもしかたのない表現である。このとき御名部には、藤原宮子を母とする首親王よりは皇太子に適格な長屋王がいた。年は首が和銅元年に八歳であるのに対して三十三歳である。思えば御名部は危険な歌を作ったものである。

このとき御名部皇女は、この歌によって無用の疑惑が長屋王にふりかかりかねないことに思い及ばなかったのであろうか。吉永登は論文「『楯立つらしも』の背後にあるもの」（同氏『万葉——文学と歴史のあいだ』創元社）のなかで、「御名部皇女が和歌で、くよくよなさるな、私がいますから、と壮語できたのも、実はこの長屋王の存在があったためであろう」とする。たしかに御名部がこの歌を作るとき、長屋王の存在を意識したことは事実だろう。しかし彼女が長屋王のことをもっと深く考えたら、この歌を詠むべきではなかった。この時期にこの歌を作ることは軽率であった。

あるいは御名部と元明とのあいだは本当に親密で、二人のあいだでは誤解の生じる恐れはなかったのかも知れない。また御名部は歌が外部に知られるとは思わず、作歌したのかも知れない。だが事情はどのようであれ、歌が万葉集に残っているところからすると、少なくとも宮廷の一部の人びとに知れたとみねばならない。その結果、首親王側の人びとが長屋王に対する疑惑を濃くするのは当然のなりゆきである。

もちろん御名部の歌がなくても、長屋王が皇位継承の有力候補であり、それが長屋王への疑惑の主因であるが、その疑惑を御名部の歌が増幅したと言えるであろう。疑惑は和銅元年から一六年たった神亀元年（七二四）に首が即位して天皇（聖武）になってからも持ちこされた。それは神亀五年九月に、聖武の妃で藤原不比等を父とする安宿媛《あすかべ》（のち光明皇后）の生んだ王（「某王」あるいは「基王」）が急逝したとき、絶頂に達したと思われる。

その翌年の天平元年二月、長屋王は「私《ひそ》かに左道を学び、国家を傾けんと」していると密告されて没落、自尽する。いわゆる長屋王の変である。

長屋王の没落

変の原因については多くの研究があり、それにふれるいとまはないが、「某王」が死去した段階では、聖武には男子は夫人の県犬養宿禰広刀自《あがたいぬかい》の生んだ安積《あさか》親王しかいないのに対し、長屋王は室の吉備内親王の生んだ膳夫《かしわで》王をはじめ、多くの男子を持つ。そして安積親王が生れたばかりであるのに対し、内親王所生の膳夫王は神亀元年にすでに従四位下に叙され、年齢は二十歳を超えていたと思われる。長屋王は彼自身が皇位継承の候補者として有力なだけでなく、すぐれた後継者を持つという点でも聖武の強い競争相手なのである。聖武の地位を守ろうとする勢力――その中心はむろん藤原氏、ただし不比等はすでに没し、武智麻呂《むちまろ》以下の不比等の子息たち――が「左道云々」の密告者をしたて、長屋王を死に追いやったことは疑いがない。この長屋王の変に御名部皇女の和銅元年の作歌が影響しているというのは、考えすぎかもしれない。しかし首親王＝聖武天皇の側近の人びとが長屋王を敵視する考えに、御名部の歌がなんらか関係するのではないかと、私には思われるのである。

ところでこの長屋王の立場は蘇我入鹿に殺された山背大兄王《やましろのおおえのおう》によく似ている。山背大兄の父・厩戸皇子《うまやど》（聖徳太子）は女帝の推古天皇の政治を助け、皇位継承の有力候補（書紀は皇太子とする）であったが、皇位につかず四十九歳で没した。長屋王の父・高市皇子は女帝の持統天皇の政治を助け、有力な皇位継承の候補であったが、皇位につかず四十三歳で没した。そして山背大兄は推古のあとをついだ舒明天皇および皇極天皇の有力な競争相手とみなされ、この政権を支持する蘇我入鹿の差しむけた軍隊によって亡んだ。長屋王は持統の系譜をつぐ聖武の強力な相手とみなされ、聖武の政権を支持する藤原宇合《うまかい》のひきいる六衛府の兵に邸宅を囲まれて、自裁する。悲劇はくりかえされるのである。

大宰府における大伴旅人――小野老を迎える宴を中心に

不比等没後の旅人の政治的地位

平城京で長屋王の変が起り、長屋王が左京三条二坊の自邸で自尽して、世は藤原不比等の長子武智麻呂《むちまろ》を中心とするいわゆる藤原四子の時代に急転した。それは天平元年（七二九）二月のことであるが、このとき藤原氏に対立する有力豪族である大伴氏の族長・大伴宿禰旅人《たびと》は大宰帥《そつ》として筑前国の大宰府にいた。

旅人はそれより九年前の養老四年（七二〇）に不比等が右大臣で没したときは正四位下中納言で、大納言の長屋王と阿倍宿奈麻呂《あべのすくなまろ》につぐ高官であった。ただし中納言には他に従三位の多治比池守と正四位下の巨勢祖父《こせおおじ》がいた。そして養老五年には長屋王が右大臣、池守が大納言に進み、中納言には武智麻呂が加わる。したがって中納言は巨勢祖父・大伴旅人・藤原武智麻呂の三人で、位は三人とも従三位に叙された。官位のことをすこしくわしく述べたが、不比等没後の官界における旅人の地位が、これで大体わかるだろう。政界のトップではないが、それにつぐ座を占めていたといってよい。

この中納言三人は神亀元年二月、聖武天皇即位の日にそろって正三位に昇進する。正三位は大宝令の官位相当の制では大納言の位である。官人の出世レースからすれば、三人のうちだれが先に大納言となるか興味深いところだが、巨勢祖父（邑治とも書く）はこの年の六月に死去する。残った二人のうちでは、それまでの官歴からいっても年齢からいっても旅人が有利と思われたのに、思いがけなく彼はこの神亀五年（七二八）に大宰帥に任命されて、平城京を離れることになる。

官位相当では大宰帥は従三位の官だから、左遷とまではいえないが、天智四年（六六五）生れの旅人はすでに六十四歳の老齢になっていた。もう一人の中納言武智麻呂は四十九歳である。旅人にとって予想外の任命であったと思われる。

この人事は反藤原という点で結びつきやすい長屋王と旅人の関係を断ち切り、長屋王を孤立させるための画策であるとする説がある。このころ武智麻呂の次弟の房前が正三位内臣という地位にあって、宮廷内部に勢力を持ち、元正太上天皇と聖武を動かして旅人を大宰府に転出させたという想定もできなくはないが、そうしたおもわくのある人事なら、左大臣の長屋王が容易に承認しないだろう。少なくとも表面上は、将来大納言に進むための一段階としての発令であったろう。

旅人の大宰府赴任と長屋王の変

ただし大宰帥に任ぜられたのが神亀五年の何月かは、続紀に記事がなくて不明である。それでいてなぜ帥への転任がわかるかというと、神亀五年に「大宰帥大伴卿（旅人）之妻」が病のために長逝し、勅使として石上堅魚《いそのかみかつお》が大宰府に派遣されたことが万葉集にみえるからである。そのときの堅魚と旅人の贈答の歌はつぎのようである。

　　式部大輔石上堅魚朝臣の歌一首

ほととぎす来鳴きとよもす卯の花の共にや来しと問はましものを

　　大宰帥大伴卿の和《こた》ふる歌一首

橘の花散る里のほととぎす片恋ひしつつ鳴く日しそ多き

（巻八―一四七二・一四七三）

またこのころ筑前守として大宰府の近くにあった筑前国衙に在任していた山上朝臣憶良が、旅人の身になって作った「日本挽歌」のなかに、「妹が見し楝《あふち》の花は散りぬべし我が泣く涙いまだ干《ひ》なくに」（巻五―七九八）とあるから、旅人の妻は楝の花の咲く四月上旬ごろまでは存命し、ほどなく没したと思われる。その報が都にとどいて、都から遣わされた弔問の使者石上堅魚がほととぎすの鳴く五月ごろに大宰府に到ったのであろう。

つまり旅人は神亀五年正月に任大宰帥の辞令を受け、二、三月のころに大宰府に着任、四月に妻を失ったと推定される。そう考えてよければ、彼が都を出発する時は、前年の閏九月に生れた聖武の皇子（某王）の身に異状はなく、長屋王の政権にも衰えの色は見えなかった。ところがそれから一年もたたない天平元年（神亀六）二月、長屋王は「左道を学び、国家を傾く」という罪名で死罪となり、翌三月には後輩であった藤原武智麻呂が、旅人を越えて大納言に任ぜられる。旅人が都を出て一年たつかたたないうちに、都の政情は大変化するのである。妻を失った孤独の旅人はこの報せをどのような思いで聞いたであろうか。

小野老京より大宰府に帰る

平城京と大宰府を結ぶ山陽道は京から諸国へ向う官道のうち、もっとも整備され、京と大宰府のあいだを上下する使者も多かった。延喜式の主計式には、平安京の大宰府の行程について、「上り廿七日、下り十四日、海路は卅日」とある。調庸などの物をもたらす上りは二七日かかるが、荷の軽い帰途は一四日、海路ならば三〇日というのである。平城京の場合も大差はあるまい。太政官符や府解・国解などの文書を運ぶ使者は陸路をとり、おおむね片道一四日前後で往復したのであろう。天平元年二月十日の漆部《ぬりべ》君足らの告発に始まり、同月十二日の長屋王の自尽で結末した事件のあらましは、二月の末ごろには大宰府に伝わったであろう。武智麻呂の大納言昇任は三月四日だから、おそくも三月中には旅人の耳にはいったのではあるまいか。

しかし事件の顚末や変後の平城京の情勢などが報告書のような形で大宰府に伝えられたのではなく、風聞の一種としてもたらされたのであろうから、もっと正確な情報を知りたくて、大宰府の官人たちはやきもきしていたことと思われる。こういう場合、大宰府や諸国の官人が期待するのは、毎年それらの府や国から地方政治の情況を報告するために都に派遣される使の帰国であろう。そうした使者は朝集使・大帳使・税帳使・貢調使と四種あるので四度の使という。いちいちについて説明すると長くなるので、四度の使のうちでもっとも重い使である朝集使について述べると、畿外の国の場合は十一月一日までに入京し、帰国は五、六月になることが少なくない（拙稿「朝集使二題」拙著『飛鳥奈良時代の考察』高科書店）。大宰府の場合は大弐以下大・少典までが交替でその任についた。神亀五年十一月までに都へついた朝集使は、多くは翌年の四、五月ごろまでは在京するから、天平元年二月に起った長屋王の変をつぶさに見聞するはずである。大宰府の官人は帥の旅人以下、首を長くしてその帰りを待ったことであろう。

神亀五年度の大宰府の朝集使がだれであったかは明らかでないが、万葉集巻三に大宰少弐小野《おの》朝臣老《おゆ》を筆頭に、以下大伴旅人を含めて五人の大宰府官人の歌計一〇首が掲げてあるのは注目される。長くなるがつぎの通りである。

大宰少弐小野老朝臣の歌一首

あをによし奈良の都は咲く花の薫《にほ》ふがごとく今盛りなり（巻三―三二八）

防人《さきもり》司佑大伴四綱《よつな》の歌二首

やすみしし我が大君の敷きませる国の中《うち》には都し思ほゆ

藤波の花は盛りになりにけり奈良の都を思ほすや君（巻三―三二九・三三〇）

帥《そち》大伴　卿《まへつきみ》の歌五首

我が盛りまたをちめやもほとほとに奈良の都を見ずかなりなむ
我が命も常にあらぬか昔見し象《きさ》の小川を行きて見むため
浅茅原《あさぢはら》つばらつばらに物思《ものおも》へば古りにし里し思ほゆるかも
忘れ草我が紐に付く香具山の古りにし里を忘れむがため
我が行きは久にはあらじ夢《いめ》のわだ瀬にはならずて淵にありこそ
（巻三―三三一～三三五）

沙弥満誓《まんぜい》、綿を詠む歌一首 造筑紫観世音寺別当、俗姓は笠朝臣麻呂なり。

しらぬひ筑紫の綿は身に付けていまだは着ねど暖けく見ゆ
（巻三―三三六）

山上憶良臣、宴を罷る歌一首

憶良らは今は罷らむ子泣くらむそれその母も我を待つらむそ
（巻三―三三七）

二番目の大伴四綱の歌に「藤波の花は盛りに」と言っているから、季節は四月（陰暦）ごろであろう。これらの歌ははじめに小野老の歌があるところからすると、おそらく老が朝集使となって神亀五年に上京し、年をこえて天平元年四月に大宰府へ帰って来た時の歓迎の宴での作品ではないかと思われる。小野老の歌は平城京讃美の歌として有名であるが、筑紫大宰府で詠まれた歌なのである。

帰任したのが四月でも、それが天平元年であるかどうかは確証がない。彼が天平元年三月四日に従五位下から従五位上に昇進していることと、手放しで奈良の都の栄えを称《たた》えていることを結びあわせて、天平元年のこととするのが通説で、私もそれに従ってよいと思う。

老の平城讃歌と長屋王の変

しかしそう考えると、老は前年の末から平城京に滞在して、長屋王没落の悲劇を直接見聞し、権力闘争の冷酷さを知るとともに、それにまつわる各種の風評を耳にしたはずである。なにしろ左大臣長屋王とともに正妻で草壁皇子の女・吉備内親王、その子の膳夫・桑田・葛木・鉤取の諸王が六衛府の兵に囲まれて、同日に自殺したのであって、平城遷都以来の大事件である。事の真相はわからないにしても、事件の余震や反動はないか、宮廷・官人に動揺はないか、それが大宰府の人びとのいちばん訊きたいところであろう。

これに対し老の歌は苦渋のあとはなく、奈良の都は咲く花のように、今が盛りです、心配することは何もありませんよ、と歌っている。口頭ではどういったかはわからないが、この歌は表面を飾り立てたように思われる。

ただし小野老は本心を偽っているのではあるまい。変に直接関係した人びとに対する賞罰が行なわれ、一段落したのが二月二十一日、それから一二日たった三月四日、かなり大規模な叙位が行なわれた。時が時だけに、論功行賞というと大袈裟だが、乱後の処置をふくむ叙位であろう。さきにふれた老の叙位はこのときのことである。長屋王事件を藤原氏対長屋王の対立という図式で解釈するなら、老は藤原氏側の人物であったと見られる。彼が事件にどこまで関与したかは不明だが、彼の同族の右中弁正五位下小野牛養は、二月十一日に舎人《とねり》・新田部《にいたべ》の両親王、藤原武智麻呂らとともに長屋王の宅におもむいて「其の罪を窮問」している。老も藤原氏側の人物として叙位にあずかったのであろう。武智麻呂が大納言に昇ったのも同日である。奈良の政界は藤原氏のものとなり、老の前途は洋々である。この心境が「あをによし奈良の都は」の歌を作らせたのであろう。

この歌を受けて作歌している大伴四綱は、ほかに万葉集に二首（巻四―六二九、巻八―一四九九）の歌がある。いずれも宴席の歌で「宴の座持ちの名手」（伊藤博「万葉集釈注」）であったと思われる。この場合の第一首は「大君のお治めになっている国のなかでは、奈良の都が一番なつかしく思われる」と老の歌に和し、第二首では老が春の花を歌ったのに対し初夏の藤の花に転じ、「ここ大宰府では藤が盛りです。あなたさまも（藤の盛りの）

都をなつかしくお思いでしょうなあ」と宴の主人の旅人に歌いかける。さすがに座持ちがうまい。ただ現在の私たちなら、「藤波の花」は藤原氏の繁栄を掛けていると思うが、四綱はそこまで考えたかどうか。しかし藤原氏と対抗する名門大伴氏の族長旅人には、敏感に反応するものがあったろう。

飛鳥・吉野を思う旅人

都から帰ってきた老の口から長屋王の没落と藤原武智麻呂の大納言任官の事実が確認できた。左右大臣は欠員のままである。自分より十五歳も若い武智麻呂が政界の中心を占め、その弟たちがそれぞれに権勢をふるっている都をなつかしく思うかと問われても、旅人はおいそれと同調する気にはなれない。武智麻呂の次弟房前は正三位内臣、三弟宇合は従三位知造難波宮事、旅人より三十歳も若い四弟麻呂でさえ従三位左京大夫である。

旅人の第一首は、「私に若い盛りがまた返ってくるだろうか。そういうことはなく、奈良の都をふたたび見ることはあるまいよ」という意味であるが、藤原氏全盛の都へなんぞ帰りたくはない、というのが本心であろう。元来政治に関心のうすい旅人は、長屋王と結んで出世しようという気はなく、二人の関係は緊密であったとは思われないが、和歌と漢詩をたしなむ教養の深い貴族として、二人は相互に敬意あるいは親愛の情を抱いていたと思われる。それだけに長屋王の死は、旅人に世のはかなさを痛感させたにちがいない。

老と四綱は奈良の都をうたったのに、旅人の第二首以下には奈良のことはうたわれない。第二首は「私の命はいつまでもあってくれないものか。昔見た（吉野の）象《きさ》の小川をもう一度見るために」。第三首は「つくづくと物思いに耽っていると、ふるさとの飛鳥が思いだされる」。第四首は「忘れ草を私は下紐につけよう。香具山のふもとのなつかしい故郷をいっそ忘れてしまうために」。第五首は「私の筑紫在任は長くはあるまい。（吉野の）夢のわだよ、浅瀬にならずに淵のままでいてほしい」。これがおよその意味である。

旅人は天智天皇四年（六六五）に生まれた。誕生の場所は不明だが、祖父は孝徳朝の右大臣の長徳（白雉二年没か）、父は壬申の乱に活躍し、のち大納言兼大宰帥となる安麻呂、母は巨勢郎女である。飛鳥またはその周辺の地で幼時を送ったと思われる。天武天皇が没した朱鳥元年（六八六）には二十二歳、藤原遷都の持統八年（六九四）には三十歳、平城遷都（和銅三年〈七一〇〉）には四十六歳になっていた。青春の時代から壮年にかけての二十余年を飛鳥・藤原の地ですごしたのである。

長屋王が没落し藤原氏が権をふるう都は、文化の花が咲き匂っていようとも、年老いた旅人には魅力がなかった。希望に満ちて若い日を送った飛鳥・藤原、そしてその南の緑の山深く、清らかな川の流れる吉野の地がひたすら恋いしくなるのであった。そもそも旅人の歌で年代の推定できるもっとも古い歌は、神亀元年三月の聖武の吉野行幸に供奉した時の長歌一首と反歌一首である。紙面の関係で反歌のみ記すと、

昔見し象《きさ》の小川を今見ればいよよさやけくなりにけるかも　（巻三―三一六）

である。旅人は前記の第二首を作るとき、一種悲哀の情をもってこの歌を思い出していただろう。第四首に香具山のふるさとを忘れたいというのも、なつかしさとともに苦渋の思いがつきまとうからであろう。

もちろん旅人も平城京をなつかしく思わなかったのではない。作歌の年月は不明だが、

沫雪《あわゆき》のほどろほどろに降り敷けば奈良の都し思ほゆるかも　（巻八―一六三九）

の作がある。「ほどろほどろに」はまばらに、はらはらの意。大宰府で失った老妻との都での暮しを思いおこした歌で、神亀五年の暮か天平元年の早春の作であろう。都へ帰って

活躍しようなどとの歌ではない。「龍《たつ》の馬《ま》も今も得てしかあをによし奈良の都に行て来むため」（巻五―八〇六）の歌もあるが、奈良へ早く帰りたいのではなく、奈良へ行っても早く大宰府へ帰るために竜馬がほしいと言っているのである。

筑紫の綿を褒める満誓

旅人の五首のつぎは沙弥満誓の「しらぬひ筑紫の綿は」の歌である。満誓は旅人が奈良の都に期待も幻想も持たず、妻もいない都へ帰りたいとは思っていないことをよく知ってこの歌を作ったのであろう。これを譬喩歌とし、綿を女に見たてて、筑紫の女とまだ寝たことはないが、情が深そうだ、と解されたりしているが、「あをによし」以下の一〇首を同じ宴席の歌とすると、あまりに唐突で、うべないがたい。「そうです。奈良だけがよいところではありません。筑紫の綿が暖いように大宰府も住んでみれば、よいところですよ」という意味を寓したのではなかろうか。旅人は大宰府へ来てまだ一年足らずだが、満誓は六年前の養老七年から来ているのである。

憶良が罷宴歌を詠んだわけ

満誓の歌のつぎが、「罷宴歌」（宴を罷《まか》る歌）と題する山上臣憶良の「憶良らは今は罷らん」の歌である。「お先に退席させて頂きます。家では子どもが泣いています。その母親、つまり私の妻も私を待っていますから」という有名な歌である。この時憶良は従五位下筑前守、天平二年に「天ざかる鄙《ひな》に五年住まひつつ」（巻五―八八〇）と歌っているから、神亀三年の着任と思われる。年は七十歳である。泣いて母を困らせる幼児や、自分の帰りを待ちわびる妻がいるとは思われない。孫と憶良の娘であろうとする説もあるが、子持ちの女が父の帰りを待ちかねているというのも不自然である。

それで私は憶良は若い後妻とのあいだに小さな子があり、誇張を含みながら、かわいい子どもと女房が待っていますので、お先にごめん、と言ってまわりを笑わせ、自分は道化役をつとめて座を取りもつという処世術から作られた歌ではないか、と思っていた。門地が低く、五十五歳でやっと従五位下に昇った憶良としては、官界のつきあいに苦労が多く、自分を卑小にみせかけて、周囲の人びとの優越感や虚栄心をくすぐる生きかたを身につけていたとも考えた。

しかしいままでにみた四人の歌をふりかえると、小野老は平城京の栄えを謳歌し、大伴四綱はそれに追随して都の美しさをたたえ、大伴旅人は都の繁栄を歯牙にかけずに、吉野と飛鳥・藤原の故郷に心を寄せ、満誓は旅人に同調して筑紫の良さをうたっている。藤原氏が政権をにぎる奈良をことほぐかどうかで、はっきり二つに分れている。宴につらなるのはこの四人と憶良だけではあるまいが、一座の人びとは座の中心である旅人と老の気持ちのへだたりを感じ取り、冷たい空気が一座のなかに流れていたであろう。

冷気をもっとも敏感に感じ取ったのは、旅人を除くと憶良であろう。そのうえ、二つに分れていると言っても、小野老＝藤原氏の側の人のほうが、旅人の気持ちを支持する人より多いと思われる。そのような不愉快な座にこれ以上旅人を置くわけにいかない、と憶良は考えたのではあるまいか。しかし宴の主催者である旅人に退席をすすめることはできない。座をお開きにするには、だれか先に立って帰りたいと言いだす者が入用である。憶良は自分でその役を買って出た。そして理由としては、その場の空気とはまったく無関係な自分の家族のことを持ちだしたのは、冷たい気分を感じはじめた人びとの気持ちを和らげ、転換させるためだろう。

一座の人は憶良の歌にどっと笑いくずれ、宴席はなごやかにおひらきとなったと思われる。どれだけの人が憶良の心中を察したかわからないが、旅人には憶良の配慮がよくわかったにちがいない。

憶良は前年の神亀五年七月に旅人の妻の逝去を悼む長歌一篇と反歌五首を作り、「日本挽歌」と題して旅人にたてまつっている（一部既述）。それ以来旅人は、憶良に特別の感情を持ったと思われるが、ここにいたっていよいよ親愛の情を深めたであろう。この宴席は、二人の歌人が互いに感化しあって歌境を深めるうえで、大きな契機になったのではあるまいか。

なお本節で論じた沙弥満誓と山上憶良の歌は、小野老を迎える宴席と別の機会の作とする説があるが、同じ時の作とする説（伊藤博『万葉集釈注』）を取る。

付記　小野老が平城の都を讃美する歌を詠んだのは、彼が長屋王の変の後に叙位に預ったことと関係するという説は、三十余年前に読んだ記憶があるが、どなたの説であったか、思い出せない。その先行の研究者の方に非礼を謝したいと思う。

なお小野老は、神亀六年（天平元）三月に従五位上に昇ったあと、天平三年正月、同五年三月、同六年正月とつづけざまに昇進して、六年正月には四位の線に達し、従四位下となっている。彼が藤原武智麻呂側の人物であることは確実であろう。

大宝以前の山上憶良――憶良は下級郡司か

憶良若年時代の経歴

前節「大宰府における大伴旅人」でふれたように、山上憶良の官吏としての出世はおそかった。彼の生れは、天平五年（七三三）三月に作った「沈痾自哀文」の中に「是の時年七十有四」とあることから逆算して、斉明六年（六六〇）である。天智四年（六六五）生れの大伴旅人より五年の年長である。

若い時の経歴はよくわからない。いわゆる正史にはじめて姿をあらわすのは続日本紀の大宝元年（七〇一）正月条で、進大肆《しんだいし》（大宝令制の少初位下に相当）の白猪《しらい》史阿麻呂とともに「无位《むい》山於憶良を（遣唐使の）小録と為す」とある。この時すでに憶良は四十二歳であったのにまだ無位であり、臣のカバネも持っていない。生れた時の身分は低かったといわねばならない。若い時のことがよくわからないのも当然である。

そのなかでわずかにわかっているのは、有間皇子の死を悼む歌を作るのにかかわったらしいことである。万葉集には彼の関係する有間追悼歌は三首残っている。

　紀伊国に幸せる時に、川嶋皇子の作らす歌 或いは云はく、山上臣憶良の作なりといふ。

白波の浜松が枝の手向《たむけ》くさ幾代までにか年の経ぬらむ 一に云ふ、年は経にけむ。　（巻一―三四）

（左注略）

　山上臣憶良の追和する歌一首

鳥翔《つばさ》なすあり通ひつつ見らめども人こそ知らね松は知るらむ　（巻二―一四五）

　山上の歌一首

白波の浜松の木の手向くさ幾代までにか年は経ぬらむ

　右の一首、或は云はく、川島皇子の作なりといふ。　（巻九―一七一六）

右の三首のうち二番目の「鳥翔《つばさ》なす」の歌は、「長《なが》忌寸奥麻呂《おきまろ》、結び松を見て哀しび咽ふ歌二首」の詞書《ことばがき》を持つ歌のつぎにあり、さらにそのつぎに「大宝元年辛丑、紀伊国に幸《いでま》す時に、結び松を見る歌一首柿本朝臣人麻呂の歌集の中に出づ。」の詞書を持つ歌（後見むと君が結べる磐代の小松がうれをまた見けむかも）が置かれている。大宝元年は憶良が遣唐使少録に任命された年であるから、この年九月十八日から十月十九日にまでかかった天皇の紀伊行幸に彼が供奉したとは思われない。憶良の歌は唐から帰国したのち、行幸に侍した長奥麻呂の作を見て追和した作とする説に従っておきたい。

憶良は宮廷歌人か

それゆえこの歌は、続日本紀に姿を現す以前の憶良を考えるには直接役に立たないのだが、万葉集に一四首の歌を残す宮廷歌人・長奥麻呂の歌に追和するという点から、憶良も宮廷歌人の人びととなんらかの交渉があったのではないかと想像される。宮廷歌人の中心に立つ柿本人麻呂も、人麻呂歌集のなかに有間追悼の歌がある。人麻呂の生年は明確でないが、憶良とほぼ同世代の人物である。これら宮廷歌人の交際圏のなかに憶良も加わっていたと考えることは十分に可能であろう（村山出「筑紫下向以前——初期の歌の性格と背景——」〈『山上憶良の研究』桜楓社〉、橋本達雄「初期の憶良——その歌人的性格と位置——」〈『跡見学園大学紀要』創刊号〉）。

そう考えられる理由はもう一つある。さきにあげた三首の歌のうちの第一首（「白波の浜松が枝の」）は、詞書に「川嶋皇子の作」とあり、分注に「山上臣憶良の作なりといふ」とし、この歌とよく似た第三首（「白波の浜松の木の」）は、詞書に「山上の歌」とあり、左注に「或は云はく川島皇子の作なりといふ」とあって、この追悼歌が憶良の作とも川嶋皇子の作とも伝えられていることである。このことは前章の「天智天皇の皇子と持統朝」の節の七五ページで述べたように、憶良が帳内《とねり》などの身分で川島の側近に仕えていて、歌の代作をしたことを思わせるが、こうしたことも宮廷歌人の仕事の一つである。人麻呂にははっきりした代作の作品はないが、持統五年に川島皇子が逝去したとき、挽歌を作って妃の泊瀬部皇女とその兄忍壁皇子に献じており、川島の生前に交渉がなかったとは思えない。人麻呂は草壁・高市の両皇子や明日香皇女の挽歌も作っているから、川島にだけ仕えていた宮廷歌人ではないが、憶良と人麻呂は歌を通じて交際があったと考えられるのである。

しかし人麻呂が上記のように何人もの皇子・皇女の葬儀に際して挽歌を作り、持統天皇の吉野行幸や軽皇子（のちの文武）の安騎野狩猟に従って作歌するなど花々しく活躍をし、長奥麻呂が大宝元年十月の持統太上天皇と文武天皇の紀伊国行幸、同二年十月の太上天皇の参河国行幸に従って歌を作り（万葉集巻九―一六六七、巻一―五七）、宴会に際し多くの物の名を一首に詠みこむという戯れ歌に手腕を示す（巻九―三八二四〜三八三一）ことで宮廷の人気を集めていたらしいのにくらべると、この時期に憶良の万葉集に残る歌は上記の三首だけで、淋しすぎる。彼は「白波の浜松が枝の」の歌を代作したと思われる持統四年の翌年、川島皇子の死によって帳内の地位を失い、宮廷歌人の圏外に去ったかと思われるが、大宝元年に遣唐少録に採用されるまでの一〇年をどのように過したのであろうか。従来の説を検討して、私見を提出してみたい。

大宝以前憶良は何をしていたか

まず従来の説だが、渡部和雄（「大宝以前――生涯」中西進編『山上憶良　人と作品』〈桜楓社〉所収）・村山出（『山上憶良の研究』〈前掲〉）・橋本達雄（「初期の憶良」〈前掲〉）・中西進（『山上憶良』〈河出書房新社〉）の諸氏等によると、憶良は早くから文字に習熟して写経生の職につき、または宮廷歌人の一員として朝廷に仕えたか、あるいは舎人《とねり》として川島皇子などの貴族や朝廷に仕えて、若き日をすごし、官人に登用（遣唐少録に採用）されるチャンスを得たのではないか、と考えられている。

このうち、宮廷歌人というのはさきにふれたように、万葉集に残る憶良の歌は実質上一首しかないから、長く歌人として宮廷に仕えたとは思われない。写経生や舎人から正規の官司の第四等官である主典《さかん》（遣唐少録も第四等官）に進むコースは、中西進氏が土田直鎮氏の説（「奈良時代に於ける律令官制の衰頽に関する一研究」〈土田『奈良平安時代史研究』吉川弘文館〉）を引いて述べるように困難が多い。しかしそれよりも問題なのは、写経生や舎人は四等官の官人に採用されるのはむずかしくても、勤務についておれば叙位には預れるのであって、大宝元年に四十二歳であった憶良がなぜ無位であったかが説明できない。

憶良よりは時代が下るが、写経生と類似の職である図書寮《ずしょりょう》に装潢生《そうこうせい》として勤める秦常《はたつね》忌寸秋庭は、天平五年に三十四歳で少初位上である（『大日本古文書』二十四巻）。すでに指摘されているように、のち累進して従七位下に至った。それもそのはずで、大宝・養老令では、朝廷に勤務するものは、長上官の場合、六年ごとに勤務成績が評定され（考選）、分番官（非日勤）の場合は八年ごとに評定され、合格すると位階が進む。舎人・史生や帳内・資人は分番官の扱いで、八年で考選され、成績がよければ一挙に三階昇進する。

もう一つ例を挙げると、他田日奉部直《おさだのひまつりべのあたい》神護は、藤原麻呂の位分資人《つかいびと》として養老二年（七一八）から神亀五年まで一一年、中宮舎人《とねり》として天平元年（七二九）から同二十年まで二〇年、計三一年勤務して従八位下になっている（「他田日奉部神護解」『大日本古文書』第三巻)。無位から従八位下まで五階あるから、八年ごとに一階ないし二階上ったとしてちょうど適当な地位といえよう。

大宝元年以前に施行されていた飛鳥浄御原令の考選の制はよく判っていないが、日本書紀の持統四年(六九〇)四月十四日の条に、

百官の人及び畿内の人の、位有る者は六年を限れ。位無き者は七年を限れ。其の上日を以ちて九等に選び定めよ。四等より以上は、考仕令に依り、其の善・最・功・能、氏姓の大小を以ちて、量りて冠位を授けむ。(下略)

という詔を載せる。考仕令は養老令の考課令に当り、官吏の考選・叙任のことを定める令であろう。有位の官人は六年、無位でも上日(出勤)している者は七年で考選に預る資格が認められるのである。憶良ほどの人物が持統の朝廷に勤めていたら、持統四年には無位であっても、一一年後の大宝元年までには、最低の位階にせよ有位官人になれそうなものである。

また遣唐使は大海を越え、中国大陸の奥深く長安まで往復するという任務のうえから、相当の健康体でなければ勤まらない。病身のために上日の日数が足りず、叙位の機会を失ったのであれば、遣唐使に採用されるはずがない。

このような点から、憶良は持統五年九月に川島皇子が死んだのちも、舎人・写経生・宮廷歌人などとして持統・文武の朝廷に仕えていたとする説に疑問を持つのである。

そのほか憶良は一時僧となって修行していたので位階を得るのがおくれたとする説もあるようだが、僧がその才芸を惜しまれて還俗《げんぞく》し官に仕える場合は、文武四年八月に還俗した通徳・恵俊はそれぞれ勤広肆・務広肆、大宝元年三月に還俗した弁紀は追大壱、和銅七年三月に還俗した義法は従五位下を授かるというように、位階を叙されるのが例である（田中卓「還俗」〈『田中卓著作集』五、国書刊行会〉）。還俗説にも従うことができない。

憶良は無位の郡司か

では持統朝から文武朝のはじめの一〇年余を憶良はどのように過したのであろうか。私は、彼は川島皇子の没後まもなく朝廷を退いて、故郷に帰り、評（郡の前身）の下級役人の地位についていたのではないかと思う。つぎにそう考える理由を述べよう。以下便宜上、評の職員を「郡司」と記す。

私が「郡司」に着目したのは、正倉院文書を主体とする『大日本古文書』（編年之部）を検すると、下級の郡司の三等官・四等官である主政・主帳に無位が多いからである。

今から二〇年近く前、多くの若い友人たちの協力を得て、官司・官職・地名・寺社についての『正倉院文書索引』（平凡社）を編纂したことがあったが、無位の下級官人や郡司

ページ	氏　　名	職　　名	年　月　日
219	刑部少倭	(下総国)葛飾郡主帳	養老5、一、一
432	丹生直伊可豆智	越前国丹生郡主帳	天平3、2、26
437	財造住田	〃　江沼郡主帳	〃　3、2、26
439	丸部臣人麻呂	〃　(加賀郡)主帳	〃　3、2、26
468	螺江比良夫	〃　敦賀郡主帳	天平5、③、6
471	品遅部広耳	〃　(坂井郡)主政	〃　5、③、6
474	長江忌寸金弓	皇后宮職書生	天平5、7、20
476	安曇連広浜	(中務省)図書寮(写経生)	天平5、8、11
477	酒豊足	(中務省)図書寮(　〃　)	〃　5、8、11
586	安曇連広浜	(中務省)図書寮(写経生)	天平6、8、10
〃	酒豊足	(中務省)図書寮(　〃　)	〃　6、8、10
600	出雲臣福麻呂	(出雲国某郡)擬少毅	天平5、8、21
605	猪名部諸人	(出雲国)医、調使	天平5、一、一
614	尾張連田主	(尾張国某郡)主帳	天平6、12、24

註　605ページの猪名部諸人は、大日本古文書は文書名を「隠伎国計会帳」とするが、寧楽遺文の校定に従い、「出雲国計会帳」の中の人名とする。総数14名だが「安曇連広浜」「酒豊足」が重出するので、12名となる。ページ数は大日本古文書、第一巻。「年月日」の欄の月の数字のうち③は閏3月。

地位	正・擬の別	人数	計
少領	少領	1	4
	擬少領	3	
主政	主政	3	4
	擬主政	1	
主帳	主帳	13	15
	擬主帳	2	
合計			23

註　少領の欄の擬少領は副擬少領を含む。

が多数姿を見せていることが記憶に残った。いま検べてみると、少なくとも二一二名以上の無位の中央・地方の下級官人名が知られる（以上というのは、写経生の歴名などでは、断簡などの関係で、どこまでが無位であるのか判断しにくい場合があるからである）。『大日本古文書』第一巻には無位の人名が一四名見えるが、一例としてそれを整理したのが前の上表である。原文でどう書いているかというと、たとえばその四三二ページの丹生直伊可豆智は、越前国正税帳の丹生郡の項の末尾の郡司名を列記したところに、「主帳无位丹生直伊可豆智」とみえる。

ところで巻一の場合は表にみるように、無位一二名（表には一四人見えるが、重出がある）のうち、郡司は七名（主政一・主帳六）で、無位郡司が半数以上を占める（他に軍団の擬少毅二）。これは巻一には戸籍・計帳や正税帳のように郡司の氏名のみえる史料が多く収められているからで、巻二にも同じ傾向がみえる（無位総数一四名中、郡司関係者六、軍団少毅二）が、そうした史料の少ない他の巻々には無位郡司は少数である。無位官人が総数二一二名以上見えるうち、無位郡司は二三名（他に無位の軍団少毅二名）である（無位官人全体の表はスペースの関係で省略する。近い将来に公表する心算である）。

二三名の郡司としての地位は、少領のクラスでは少領一（近江国甲可郡）・擬少領二（大和国高市郡・筑前国早良郡）・副擬少領一（摂津国東生郡）の計四、主政では（以下郡名省略）主政三・擬主政一の計四、主帳では主帳一三・擬主帳二の計一五である。

無位の少領はやや例外的であろうが、無位の下級郡司は少なくなかったのである。こういう実例があることから、私は憶良は川島皇子の死後まもなく郷里に帰り、下級「郡司」の任について無位のまま大宝元年にいたったのではないかと思うのである。

舎人から郡司になるコース

もちろん「郡司」でも職にあって年を経れば（律令用語では功を積めば）、叙位にあずかり昇進もする。大宝令制では郡司四等官は外長上に区分され、考選の年限は十考（一〇年）である。浄御原令制も同じであるとすると、憶良は持統六年（六九二）に故郷に帰り、すぐに郡司となっても、大宝元年（七〇一）正月までには十考という年限に達していない。彼が在京時代、川島の舎人であったと仮定すると、大宝令制では分番官の舎人の年限を外長上官の年限に合算して計算するのであるが、浄御原令制でそこまでこまかな計算法（結階法）があったかどうかは疑問である。憶良ほどの勤勉で学識のある人物が四十二歳にいたるまで無位であることは、帰郷して若干の年月をすごしたのち、「郡司」となったと考えるのがいちばん妥当ではあるまいか。

また朝廷あるいは皇族・貴族に仕えていた舎人が、帰郷して郡司となる例は、前述の他田日奉部直神護のように少なくない。そもそも白丁《はくてい》などとも呼ばれる一般の農民が中央に出て舎人になることは困難で、多くは地方の有力者・富農の子弟である。日奉部直などは代々その地方(「日奉部直神護解」によれば上総国海上郡)の郡領を務める名門であろう。憶良の家はカバネを持たないことからすれば、それほどの名門ではないが、富農層に属し、将来下級「郡司」となることを期待して、憶良を都へ送り出したと考えられる。

憶良が舎人を辞して郷里に帰り「郡司」の一員になるのは、むしろ当然といってよいコースなのだが、郷里がどこかは明らかでない。山上朝臣が粟田朝臣と同祖なので、山上氏も粟田朝臣の本貫の山背盆地から近江へかけての地域を故郷とする説があるが、無姓の山上氏と粟田朝臣との関係は濃いとは思われず、かならずしも粟田朝臣の勢力範囲に居住したとはいえない。現在、大和の葛城・生駒両郡に山上の地名があるので、そのいずれかを憶良の故郷とする説も、山上の地名が古代にまで溯りうるか、また比較的平凡な地名であるから他の地域にも求められる可能性があって、従うのにためらわれる。ただし、和邇氏系図にみえる大島臣の註に「大倭添上郡山辺郷住」とあり、大島臣の子健豆臣の註に「山上臣祖」とあるから、憶良の郷里が右の山辺郷であったかもしれない(佐伯有清『日本古代氏族の研究』吉川弘文館)。

このように確証はえられないが、畿内のいずれかに故郷があり、帰郷後「郡司」をつとめながら、都にいたとき知りあった宮廷歌人たちとの接触を絶たず、詩文の研鑽をつづけていたと考えたい。彼が無位であるにかかわらず、遣唐少録に採用されたのは、このルートがあったからではなかろうか。

郡司から遣唐使官人となる

遣唐少録登用について参考になるのは、大宝元年正月に決定した遣唐使のメンバーのなかに、第三等官の判官にあたる小位に「山代国相楽郡令追広肆(従八位下相当)掃守《かにもり》宿禰阿賀流」が見えることである。「郡司」を遣唐使に任命した実例があるのである。郡令は郡領と同じで、郡の長官であろう。もしかすると、憶良は掃守阿賀流の下僚、もしくは近郡(評)の「郡司」であったかもしれぬ。その想像は当らないにしても、有能な人物は「郡司」からでも抜擢していることが知られる。憶良の名も中央の具眼の士には知られていたのであろう。

私の推定のように憶良が下級の「郡司」から採用されたとすると、想起されるのは彼の晩年の作「貧窮問答歌」(巻五―八九二)である。この歌は周知のように堅塩をかじり麻《あさ》衾《ぶすま》を引きかぶりながら、「我れをおきて人はあらじ」と誇っている貧しい人と、よりいっそう貧しく、ぼろを肩にかけ、地べたに藁を敷いて寝るような暮しの人との問答体になっている。前者は憶良が体験した下級官人の生活、後者は憶良が国司として国内巡察の機会などに目にした貧農の実態にもとづいた作といわれるが、憶良の体験が都での下級官人のそれではなく、地方における下級「郡司」の体験、後者が国司として上から見た知見ではなく、民衆の生活に直接タッチして、徴税にもあたる「郡司」としての見聞にもとづくと解すべきではあるまいか。

人は老境に入れば入るほど、若い日のことをより鮮明に思い出す。晩年、おそらくは大宰府から久しぶりに都へ帰った憶良は、四〇年むかしの若い日のことを思いおこして、この作をなしたと思われる。ぎゃくに私たちはこの歌から若い日の憶良の生活を思いみることができる。

政争の季節

心を通わせる元正太上天皇と橘諸兄——光明皇后と藤原氏を相手に

万葉集巻十八に、「太上皇、難波宮に御在《おほましま》しし時の歌七首 清足姫天皇なり」の標題のもとに左の七首が掲げられている。

難波における元正と諸兄の歌

左大臣橘宿禰の歌一首

堀江には玉敷かましを大君をみ舟漕がむとかねて知りせば

御製一首 和《こた》へ

玉敷かず君が悔いて言ふ堀江には玉敷き満てて継ぎて通はむ 或は云ふ「玉扱き敷きて」

右の二首の件の歌は、御船江を泝《さかのぼ》り遊宴する日に、左大臣の奏する、并せて御製なり。

御製の歌一首

橘のとをの橘八つ代にも我は忘れじこの橘を

河内女王の歌一首

橘の下照る庭に殿建てて酒《さか》みづきいます我が大君かも

粟田女王の歌一首

月待ちて家には行かむ我が刺せる赤ら橘影に見えつつ

右の件の歌は、左大臣橘卿の宅に在りて肆宴するときの御歌、并せて奏歌なり。

堀江より水脈《みを》引《び》きしつつみ舟さす賤男《しづを》の伴《とも》は川の瀬申せ

夏の夜は道たづたづし舟に乗り川の瀬ごとに棹さし上れ

右の件の歌は、御船綱手を以て江を泝《さかのぼ》り遊宴せし日に作る。伝誦する人は田辺史福麻呂これなり。

（巻十八―四〇五六〜四〇六二）

七首の末尾に、この歌を伝承したのは田辺《たなべ》史《ふひと》福麻呂《さきまろ》である、と記す。田辺福麻呂がどのような機会に伝誦したかについては後で述べることとし、まず七首の歌の解説をする。
標題の「太上皇」は、分注に「清足姫天皇《きよたらしひめ》」とあるように日本根子高瑞浄足姫《やまとねこたかみずきよたらしひめ》で、霊亀元年（七一五）に即位し、神亀元年（七二四）に聖武天皇に譲位した元正太上天皇、第一首の題詞にみえる「橘宿禰」は橘宿禰諸兄《もろえ》である。諸兄は天平十五年五月に従一位左大臣に昇進している。そしてこの歌群は第五首の左注に「左大臣橘卿の宅に在りて肆宴するとき」の歌であるという。元正と諸兄とがともに難波にとどまっていたのは天平十六年閏正月から同年十一月までの間であるから、この七首が天平十六年の夏の作と思われる。二人がかなり長期にわたって難波に在住していた事情を、続日本紀によって見ておこう。

元正と諸兄が難波にいた事情

天平十二年八月、藤原広嗣《ひろつぐ》の乱が起ると、聖武はこれの鎮圧を命ずる一方、自分は十月に平城京を出て東国におもむき、伊勢・美濃・近江を経て十二月に山背《やましろ》国相楽《さがらか》郡の恭仁《くに》宮にはいり、広嗣の乱が治まっても平城に還らず、都を恭仁に遷した。しかし聖武は恭仁宮に落ちつかず、天平十四年から十五年にかけてしばしば近江国の紫香楽《しがらき》宮に行幸し、十六年正月には今度は難波宮行幸の用意をはじめ、翌月の閏正月には行幸して、二月にはいると恭仁宮から駅鈴や内外の印(天皇御璽の印と太政官印)、さらに高御座《たかみくら》や神聖な大楯、兵庫の武器まで難波に輸送した。

聖武の難波遷都の意思は明白と思えるのに、どういうわけか聖武は二月二十四日、難波に元正太上天皇と左大臣橘諸兄を残して紫香楽に行幸し、そこにとどまってしまう。

同月二十六日、難波に残った諸兄は、「勅を宣《の》べて」「今、難波宮を以て皇都と為す」と言った。聖武は紫香楽に行ったのだから、この勅は元正太上天皇の宣であろう。この時点で皇都は聖武の紫香楽宮と元正の難波宮の二つになる。どうしてこのようなことが起ったのか。

その解釈については諸説があるが、私はつぎのように考える。表面上は聖武と元正との対立と見えるけれど、実際は左大臣として朝廷の中心である諸兄の勢力と、藤原武智麻呂の次男で年はまだ若いが、近ごろ権勢を高めてきた従四位上参議の仲麻呂を核とする藤原氏の勢力との抗争が、その背後にある。

元正は聖武の伯母であるが、聖武の実母の藤原宮子は聖武の誕生が難産であったためか、「天皇を誕じてより（中略）幽憂に沈み、久しく人事を廃し」（続日本紀、天平九年十二月条）たので、未婚の若い伯母であった日高皇女（元正）が母親代りとなって、首《おびと》親王（聖武）の成長を助け、聖武もまた元正を頼りとして、頭が上らなかったと思われる。政治権力は別として、感情の面で元正以外に聖武を動かせるのは、霊亀二年に十六歳で入内し、

系図6

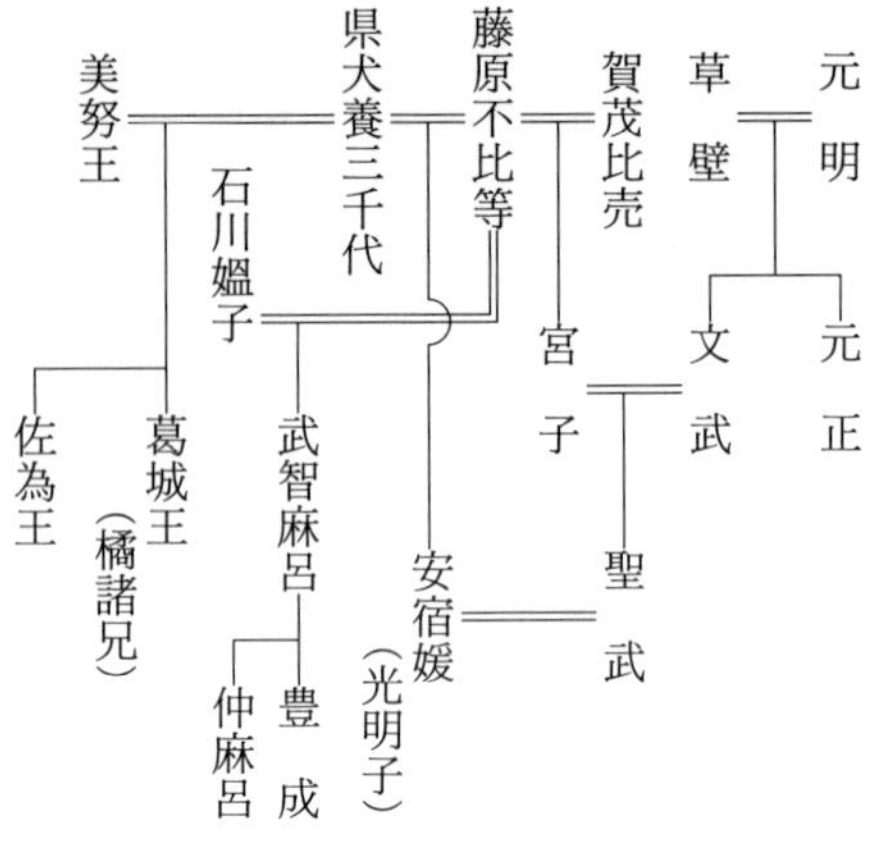

妃として首親王に侍し、聖武即位後、天平元年に皇后となった藤原安宿媛《あすかべひめ》の光明子であろう。元正と光明の関係は、聖武をめぐって母と嫁のあいだがらに似ている。

　光明と仲麻呂とは同じ藤原一族であるだけでなく、叔母・甥である。仲麻呂は光明に働きかけ、聖武を藤原氏側に取りこもうとするのは当然である。これに対し、反藤原派の中心に立つ橘諸兄が元正太上天皇との関係を親密にして対抗するのも当然のなりゆきであろう。橘宿禰という氏姓は、天平八年十一月に美努《みの》王の子・葛城《かつらぎ》王が臣籍に下った時に聖武から賜ったもので、れっきとした皇親氏族である。諸兄には、大化新政の功によって中臣連から藤原氏になり上った新興氏族とはちがうという自負があり、大伴・佐伯・丹比など五、六世紀以来の名族や皇親氏族で諸兄に心を寄せる者は少なくない。

　聖武はこの両勢力にはさまれて去就に迷うことがあったのであろう。天平十六年の行幸では、仲麻呂を留守として恭仁宮におき、元正と諸兄を伴って難波におもむいたが、藤原側とくに光明子の誘引によって、紫香楽宮に移動したのではなかろうか。紫香楽宮のある近江国は、不比等が淡海公と称され、武智麻呂が和銅五年に近江守に任ぜられて善政を仰がれた（藤氏家伝）というように、藤原氏の勢力範囲の地である。

紫香楽の聖武と難波の元正

そうした情況のなかで難波に残った元正があえて「難波宮を皇都と為す」の勅を発したのは、聖武の本心は難波にあり、難波遷都こそが聖武の意図であるというデモンストレーションであろうか。まださして皇居の造営の進んでいない紫香楽から聖武を呼びかえす方策であろうか。しかしこうした行為は天皇の地位の尊厳を冒すものであって、聖武の決断いかんによっては大きな危険が元正の身に降りかからないともかぎらない。元正は決断を下す勇気が聖武にないと見こんでのことかもしれないが、情勢は緊迫していたと思える。

この状態はこの年十一月に両者の妥協が成立して、元正が難波から紫香楽に移座するまでつづく。本節のはじめに記した七首の歌は、こうした事情のもとで作られたのである。

七首の歌の意味はそれほど難解ではないので、逐語訳は必要でないだろう。夏のある日、元正太上天皇は難波宮を出て、難波堀江に船を浮かべ、堀江をさかのぼって橘諸兄の邸宅に到り、橘の木の茂っている庭の御殿で酒宴に興じて夜に入り、月の出を待ってふたたび船に乗り、棹をさして帰途につく情景が歌われている。

このなかで問題になるのは第三首めの「橘のとをの橘八つ代にも」の歌である。「とをの橘」はたんに「茂っている橘」でなくて、「枝もたわむように生《な》っている橘」と解するのが普通のようで、そうすると橘の花は初夏のころに咲くが、みのるのは冬だから、夏の歌ではありえない。第五首めの「我が刺せる赤ら橘」も赤く熟した橘の実のことだから、やはり夏ではない。そこで第三・四・五の三首は元正が十一月十四日に紫香楽宮に出発するまでの冬の日の作であったが、のちに夏の日の行幸歌の中に挿入して伝承されたといわれる。

たしかに有力な説だが、「とをの橘」が「枝もたわむばかりに実のなった橘」かどうかは疑問の余地がある。「とをむ」は彎曲するの意だが、「春さればしだり柳のとををにも」(万葉集巻十—一八九六番)の歌では、柳には実がなく、枝が彎曲しているだけである。「とを」は葉の茂っている形容とみることができる。「赤ら橘」も、あらかじめ作っておいたものを挿頭《かざし》としたのかもしれない。どちらとも言えないが、私は同じ夏の日の行幸・宴会の歌とみたい。

さてそれはどちらにしても、一連の歌を読み返してみると、冒頭に諸兄は、大君をお迎えすることがわかっていたら、堀江に玉を敷きつめておけばよかった、と歌い、元正は、諸兄よ、お前が詫びることはない、私が玉をいっぱいに敷いてまた来よう、と歌い、諸兄の宅にはいって、この緑したたる橘を私はいついつまでも忘れることはあるまい、と歌う。むろん橘は諸兄をさしている。君臣和合というか、二人が互いに親しみ信じあっている関係がうかがわれる。相手方の光明皇后と藤原仲麻呂が聖武天皇を擁して優位に立っている情勢が、元正と諸兄の結びつきをいっそう堅くしたのであろう。

聖武、平城に帰る

両者の対立は前述のように元正の側がおれて、同年十一月におそらく諸兄をともない、紫香楽宮に合流することによりいちおう表面上は解消するが、対立が引き続いて存したことはいうまでもない。その後も元正と諸兄の結びつきの深いことを示す史料が万葉集にある。しかしそれにふれるまでに、天平十六年十一月以後の政情の推移について簡単に述べておく。

元正が紫香楽宮に来ることにより、政治は安定して紫香楽遷都は実現するかに見えたが、翌天平十七年にはいると、四月に紫香楽の市の西の山や甲賀寺の東の山、さらには宮城の東の山に連日のように火事が起り、雨が降ってようやく火事は消えたと思うと、四月の月末から五月にかけて地震が頻発して人心が安まらず、諸司の官人も四大寺の衆僧も、みな都はやはり平城がよいという。結局聖武は遷都の決断を下し、恭仁宮《くにのみや》を経由して五月十一日に平城京へ帰った。

諸兄、元正の御在所に参向、酒宴

これで聖武は平城に落ちつくのかと思うと、八月にまたも難波宮に行幸し、九月に病気になり、重態に陥って、一時はことごとく孫王を難波に召し集めるという状態にいたるが、なんとか危機を脱して九月末に平城宮に帰った。しかし翌天平十八年正月元日は「廃朝（朝賀の儀式を中止）」と続日本紀にみえるから、このころなお病床に伏していたのだろう。さきに元正と諸兄に関する史料が万葉集にあると言ったのは、この十八年正月のことで、巻十七の三九二二番歌の詞書《ことばがき》につぎのようにある。

天平十八年正月、白雪多く零り、地に積むこと数寸なり。ここに左大臣橘卿、大納言藤原豊成朝臣また諸王諸臣たちを率《ゐ》て、太上天皇の御在所《ございしょ》中宮の西院に参入《まゐ》り、仕へ奉りて雪を掃く。ここに詔を降し、大臣参議幷せて諸王らは、大殿の上に侍らしめ、諸卿大夫らは、南の細殿《ほそどの》に侍らしめたまふ。而して則ち酒を賜ひ肆宴したまふ。（下略）

このことがあったのが正月の何日かは記されていないが、おそらく元日のことであろう。

聖武の病気のために廃朝となったが、橘卿すなわち諸兄は多くの廷臣を引き連れて、元正のもとに拝賀に参上し、雪掻きに奉仕している。廷臣たちの歴名は万葉集に記されている。紙面の関係で詳細は省略するが、従一位一名（諸兄）以下、従三位三名、正四位二名、正五位四名、従五位五名、外従五位下以下八名の計二三名である。そのなかには当時の太政官首脳部の参議以上六名中五名が名を連ね、八省の卿や大輔も少なくない。藤原仲麻呂の名も見える。朝廷の有力者の大半が元正の御在所の大殿で肆宴に列しているのである。病床に伏す聖武に万一のことがあれば、元正が諸兄の補佐を受けて皇太子の阿陪内親王をおさえ、ふたたび皇位につく可能性は十分にあろう。少なくとも諸兄の胸中はその思いで高ぶっていたのではあるまいか。

このとき太上天皇の「汝ら諸王卿たち、聊《いさ》かこの雪を賦して、各その歌を奏せよ」の勅が下り、諸兄以下二三人中二二人が作歌して奏したと万葉集に見え、そのうち五首だけを記録している。五首のなかには諸兄の歌もある。つぎに掲げるのがそれである。

左大臣橘宿禰、詔に応ふる歌一首

降る雪の白髪《しろかみ》までに大君に仕へ奉れば貴くもあるか　（巻十七―三九二二）

天平八年の諸兄と元正

この時から一〇年まえの天平八年十一月十一日、葛城王《かずらきおう》と名乗っていた諸兄は、弟の佐為《さい》王らとともに上表して橘宿禰の姓を賜わって臣籍に下りたいと願い、同月十七日に許可された。このことは続日本紀に見えるのだが、万葉集にはその折に作られた聖武天皇の「御製」がある。

冬十一月、左大弁葛城王等、姓橘氏を賜はりし時の御製歌一首

橘は実さへ花さへその葉さへ枝《え》に霜降れどいや常葉《とこは》の木　（巻六―一〇〇九）

この歌は左注に「或は云はく、この歌一首は太上天皇の御歌なり」とあり、私は元正の歌の可能性が高いと思う。もしそうなら、一〇年まえに元正が橘の姓をことほいで、橘の木は枝に霜が降っても、常緑の葉はいつも若々しい、と歌ったのを思いおこし、諸兄は、私も年を取り、降る雪のように頭には霜がおいて白髪ですが、お蔭様で元気にお仕え致しております、と歌ったのであろう。

この一〇年間のさまざまのできごとが、彼の頭の中を駆けめぐったと思われる。この時諸兄は六十二歳、元正は六十六歳である。大伴家持はまだ十九歳の弱年で、たぶん宮中に

は出仕していなかったであろうが、その情景は伝え聞いていたと思われる。

大宮の内にも外にも光るまで降れる白雪見れど飽かぬかも　（巻十七―三九二六）

これがそれから一〇年後、元正の御在所の宴での家持の作である。反藤原の立場にあり、諸兄の側《がわ》に近づいていた家持にとって、心あたたまる宴であったろう。

仲麻呂の進出と諸兄派の低迷

しかしその後の政治の動きをみると、橘・大伴の側に有利に進展したように思われない。任官の情況をみると、藤原仲麻呂は天平十八年三月に民部卿から式部卿となる（参議はそのまま）。同じ八省の卿（長官）でも、式部卿は内外の文官の考課（勤務評定）と選叙（任官叙位）のこと、すなわち人事を掌り、八省の卿のなかでいちばん重要なポストとされる。そして翌四月には従三位となる。聖武の病気は本復せず、翌十九年の正月元日も廃朝し、「勅して朕寝膳和に違ひ、延《ひ》きて歳月を経」と言っているが、元日に南苑に御し、侍臣を集めて宴を催しているから、病状はいちおう安定したのであろう。それとともに仲麻呂の地位は高まったと考えられる。

大伴家持は十八年三月に宮内少輔となるが、三ヵ月後の六月には越中守に任ぜられる。

かならずしも左遷ではないが、宮内省の次官として天皇の側近に仕える地位からの転出は、家持にとっては栄転と喜べなかったであろう。その他、正月に諸兄に従って元正のもとに参じた者は、従四位上以上の高級官僚を除く従四位下以下の官人は一四人であるが、その中八人までが十八年三月から十九年四月にいたる間の人事異動で大宰府または国司の官人に転じた（詳しくは拙稿「天平十八年の任官記事をめぐって」〈拙著『夜の船出』塙書房〉）。家持を入れると一五人中九人である。その九人がすべて諸兄派であるとはいえないが、家持のように諸兄派と目されるものが少なくなかったのではあるまいか。

そして仲麻呂は天平二十年三月には正三位、その翌年の天平勝宝元年七月に大納言となる。左大臣諸兄・右大臣藤原豊成についで朝廷第三の地位である。仲麻呂は着々と地歩を固め、諸兄は形式上は第一の地位にあるが、しだいに非勢におちいってゆく。

田辺福麻呂の伝承・誦詠

ここで話がもとにもどる。本節のはじめに述べた元正が難波宮にいて、諸兄の邸を訪ね、その際に元正・諸兄および随従の王臣によって作られた七首の歌を、田辺福麻呂が伝誦して詠みあげたのは、諸兄と仲麻呂の勢力関係が、まさに転換しはじめた天平二十年三月のこと、場所は天平十八年六月以来家持が在任した越中の国府、守《かみ》家持の下僚の掾《じょう》久米朝臣広縄の館の宴席である。

万葉集の巻十七以下の四巻は家持の歌日記といわれる。彼が人から贈られた歌や、伝聞した歌、宴席で披露された歌などの控え、また自作の草稿などを整理して月日の順に記したものであろう。問題の七首の歌は巻十八の巻首に近いところに見えるが、この巻はつぎの文章ではじまる。

天平二十年春三月二十三日、左大臣橘家の使者造酒司《みきのつかさ》令史《さかん》田辺福麻呂を守大伴宿禰の館に饗《あへ》す。

田辺福麻呂は万葉歌人としても知られ、福麻呂作の歌と田辺福麻呂歌集所出のものを併せると、四四首（うち長歌一〇首）を残している。このときの本務は造酒司令史であるが、前掲の文に「橘家の使者」とあるから、諸兄の家政機関である家司の職員を兼ねていたと思われる。三月二十三日の家持の館での宴は、福麻呂歓迎の催しであろう。福麻呂と家持のあいだで歌の応酬がある。

二十四日の宴でも歌が作られ（四〇三六番から四〇四三番まで）、二十五日は越中国府の北西にある布勢《ふせ》の水海《みずうみ》（現在は干拓され、ほとんどが水田になった）を遊覧して作歌（四〇四四番から四〇五一番まで）、二十六日は掾久米朝臣広縄の館での宴で作歌（四〇五二番から四〇五五番まで）、いずれにも福麻呂と家持の歌が見える。

そしてそのつぎに例の七首（四〇五六番以下）が配されているのである。七首を伝誦したのは既述のように福麻呂であり、伝誦の場は土屋文明が『万葉集私注』でいうように二十六日の久米広縄館の饗宴においてであろう。七首には三ヵ所に左注があって、「御船江を泝《さかのぼ》り遊宴する日」とか、「左大臣橘卿の宅に在りて肆宴するとき」とか、「御船綱手を以て江を泝り遊宴せし日」などと宴の情景が説明されている。おそらく福麻呂は、天平二十年の四年前の天平十六年の夏も橘左大臣家の家司の一人として難波にあり、諸兄に従って元正の行幸を送迎し、宴席にも末席に侍っていたのであろう。その日の歌は諸兄のもとで記録され、福麻呂はそれを見ることができたかと思われる。彼自身が歌人であるところから記録を担当したかもしれない。家持はこのときたぶん内舎人の任にあり、役職上聖武に従って紫香楽宮に行き、七首の歌についてはほとんど知るところがなかったであろう。

それだから、福麻呂はわざわざ越中まで来てこの七首を誦し、家持に聞かせたのである。この歌を伝誦することが、福麻呂の越中来訪の目的のひとつではないかと私には思われる。

福麻呂が越中へ来た理由

そもそも福麻呂が京都からでも陸路九日を要するとされる越中国（延喜式、主計）へ来た理由は何であろうか。越中方面にある橘氏の墾田の経営・管理ではないかとする説があるが、それにしては三月二十三日から二十六日まで、家持のもとで連日饗宴というのは、のんびりしすぎている感がある。やはり主人の諸兄から家持へ託された用件があったのであろう。用件には、福麻呂も歌人であるから、後の万葉集編纂にかかわること、たとえば編集の資料を届けることとする説もある。しかし家持はこの年三十歳で、万葉集編纂が問題になるには若すぎるであろう。

すでに言われているように、私も政治的な用件をもって諸兄から遣わされた使者であると見たい。繰り返し述べたが、このころ藤原仲麻呂の進出が著しいだけでなく、諸兄が頼みとする元正太上天皇も、天平十九年十二月十四日の勅に、

頃者《このごろ》、太上天皇枕席安からず、稍弦朔《ややげんさく》を経たり（月のはじめから十余日を経た）。医薬療治、未だ効験を見ず（ききめがない）。


とあるように、病床に就いていた。六十八という年を考えると回復はむずかしい。苦境に立つ諸兄が味方として信頼できるものの一人は、名門大伴氏の嫡流で、かつ諸兄の政治上の立場や元正太上天皇との関係をよく理解している大伴家持であったであろう。諸兄はこの際家持との関係を、いっそう緊密にしておく必要を感じたと思われる。

使者に福麻呂を選んだのは、福麻呂も歌人であるので、歌会における談笑の間に、家持とのあいだに意思の疎通をはかることができると考えたからであろう。密命を帯びた福麻

呂がきめ手として用意したのが、難波における諸兄と元正の親密な関係をうたった七首の歌と思われる。この二人に深い尊敬の念を寄せる家持がこの歌を聞いて感銘しないはずはない。福麻呂はそうした思いをこめて、七首を伝誦した。
はたして家持は深い感慨をもってこの歌を聞いた。それは七首のつぎに記されている彼の追和の歌によってわかる。

常世物《とこよもの》この橘のいや照りに我《わ》ご大君は今も見るごと
大君は常磐《ときは》にまさむ橘の殿の橘ひた照りにして

右の二首、大伴宿禰家持作る。

（巻十八―四〇六三・四〇六四）

家持の追和の歌が七首の誦詠を聞いた直後の作か、数日後・数十日後の作であるかはわからないが、家持が「常磐にまさむ」とたたえた大君＝元正は、翌月の四月二十一日に逝去した。六十九歳であった。

大伴家持の悩み――政治と風雅の二つの道

世代の交替、仲麻呂対奈良麻呂

元正太上天皇が天平二十年四月に六十九歳で没したとき、橘諸兄は六十五歳であった。彼は改めて自分の老いを感じたであろう。彼に対立する藤原氏の中心人物の仲麻呂は四十四歳の働き盛り（公卿補任による）である。これに負けないためには、こちらも若い世代に頼らねばならない。彼が期待したのは大伴氏の嫡流家持と、一族では当然ながら嫡男奈良麻呂であったと思われる。奈良麻呂は養老五年（七二一）の生れで、天平二十年（七四八）に二十八歳、家持より三歳の若年である。諸兄は奈良麻呂が自分の後継者として成長することを待ち望んでいた。

世代の交替は天皇家においても行なわれた。天平二十一年四月に年号は天平感宝と改められるが、その七月、聖武は皇位を皇太子の阿陪内親王に譲った。孝謙天皇である。その母は光明子であるから、光明子の姉の宮子の生んだ聖武から孝謙へと、不比等の娘から生れた天皇が二代つづくことになった。元正が生きていたらすんなりとはいかなかったと思われる皇位継承であった。橘から藤原へ政治勢力が傾くことを象徴する即位である。

七月二日、即位の宣命が述べられた日、仲麻呂が大納言に任ぜられるのも同様に解されるが、同日、藤原清河とともに大伴兄麻呂・橘奈良麻呂の二人が参議に任ぜられているのは、橘・大伴派の勢力も大きいことを示している。奈良麻呂は父の期待通り、議政官の一人として太政官の一角に地歩を占めたのである。

この日年号が変って天平勝宝元年となる。仲麻呂は光明皇后が皇太后となるのを機に、皇后宮職を紫微中台《しびちゅうだい》と名を改め、みずからはその長官紫微令の地位についた。太政官の権限を紫微中台に移し、勢力をふるったとされる。それには異論も出されているが、仲麻呂が光明皇太后の権威を背景に大きな力を保持したことは事実であろう。彼の兄豊成は右大臣であったが、温和な人がらで弟の専権を抑えることはできなかったようである。

政治史の史料となる万葉集

孝謙治下の天平勝宝から つぎの天平宝字初年へかけての政争の経緯については、多くの研究があり、それをここで論述するいとまはないが、史料について一言すると、もっとも重要なのはもちろん続日本紀だが、万葉集はおそらくこれにつぐ大切な史料であろう。このころ貴族の私宅で詠歌をともなう饗宴がしばしば行なわれたことが、万葉集巻十九・二十に家持が記録した歌日記にみえ、私宅の宴に出席した貴族の名が知られるからである。続日本紀にはそこまでの詳しい記事はない。万葉集のおかげで、私たちは政局に関係する貴族の交友関係を察することができるのである。

ただし家持は勝宝三年七月まで越中守の任にあり、七月十七日に少納言に任ぜられ、八月五日帰京の道につく。八月中には入京したであろうが、万葉集に都での歌日記が見えるのはこの年の十月からである。

家持の歌日記から当時の政情がわかるというのは、たとえばつぎの場合である。

天皇と大后、共に大納言藤原家に幸《いでま》す日、黄葉《もみち》せる沢蘭《さわあららぎ》一株を抜き取り、内侍佐々貴山《ささきやま》君に持たしめ、大納言藤原卿と陪従《べいじゅう》大夫等とに遣し賜ふ御

歌一首
命婦《みやうぶ》誦《よ》みて曰く

この里は継ぎて霜や置く夏の野に我が見し草はもみちたりけり

十一月八日、左大臣橘朝臣の宅に在して肆宴したまふ歌四首

よそのみに見ればありしを今日見ては年に忘れず思ほえむかも
　右の一首、太上天皇の御歌
むぐら延《は》ふ賤《いや》しきやども大君のまさむと知らば玉敷かましを
　右の一首、左大臣橘卿
松陰《まつかげ》の清き浜辺に玉敷かば君来まさむか清き浜辺に
　右の一首、右大弁藤原八束朝臣
天地《あめつち》に足《た》らはし照りて我が大君敷きませばかも楽しき小里《をさと》
　右の一首、少納言大伴宿禰家持　未だ奏せず

（巻十九―四二六八～四二七二）

ここにあげた五首のうちはじめの一首（四二六八番）は、天皇（孝謙）と大后（光明子）

とが大納言藤原家（仲麻呂宅）に幸したときの天皇の歌と考えられる。時は「黄葉せる沢蘭」とあるから九月（旧暦）ごろ、年は配列の順序から勝宝四年である。家持は行幸には従っていなかったが、供奉した者からようすを聞いて書き留めたのであろう。

あとの四首（四二六九番～四二七二番）は、前の孝謙の仲麻呂宅行幸から約二カ月後の十一月八日に、左大臣橘朝臣（諸兄）の宅に太上天皇（聖武）が行幸し、藤原八束（房前の第三子。同じ藤原氏でも仲麻呂とは対立している）と家持が同席している。前の歌と比較して考えると、聖武太上天皇は橘諸兄・大伴家持の派に親しく、孝謙天皇・光明皇太后は藤原仲麻呂の党に親しいと思われる（木本好信『大伴旅人・家持とその時代』桜楓社）。

歌日記からわかる橘・大伴派

家持の歌日記はこのようなことを推測する史料となるから有難いのである。岸俊男氏はそれに着目して、貴族の私宅での宴で歌を披露した人物名を整理して一覧表を作った（岸「天平政界と家持」〈岸『宮都と木簡』吉川弘文館〉）。それに註を付してつぎに掲げる。

この表が勝宝九年六月二十三日で終っているのは、その翌月の九年七月（天平宝字元年七月に同じ）に、奈良麻呂が仲麻呂一派の打倒を謀ったクーデター計画が露われて、奈良麻呂にくみした人々が大量に逮捕・処罰されたからである。この事件を奈良麻呂の変という。

年月日	宴宅	参会の作歌者	宴の目的その他
勝宝三、一〇、二二	左大弁紀飯麻呂家	船王・中臣清麻呂・家持	
〃 四、閏三	衛門督大伴古慈斐家	多治比鷹主・大伴村上・大伴清継	入唐副使大伴古麻呂餞別。
〃 四、一一、八	左大臣橘諸兄宅	聖武・橘諸兄・藤原八束・家持	
〃 四、一一、二七	林王宅	船王・大伴黒麻呂・家持	但馬按察使橘奈良麻呂餞別。
〃 五、一、四	治部少輔石上宅嗣家	石上宅嗣・茨田王・道祖王	
〃 五、二、一九	左大臣橘諸兄家	家持	
〃 五、八、一二	高円野	大伴池主・中臣清麻呂・家持	
〃 六、一、四	少納言大伴家持宅	大伴千室・大伴村上・大伴池主	氏族の人等、賀集。
〃 六、三、一九	大伴家持の庄門槻樹下	置始長谷*・家持	
〃 六、三、二五	山田御母宅	橘諸兄・家持	
〃 七、五、九	兵部少輔大伴家持宅	大原今城・家持	
〃 七、五、一一	右大弁丹比国人宅	橘諸兄・丹比国人	
〃 七、五、一八	兵部卿橘奈良麻呂宅	橘諸兄・船王・家持	
〃 七、一一、二八	兵部卿橘奈良麻呂宅	橘諸兄	
〃 八、三、七	河内国伎人郷馬国人家	家持・馬国人・大伴池主	難波宮行幸に従った時。
〃 八、一一、八	出雲掾安宿奈杼麻呂家	安宿王**・安宿奈杼麻呂・(山背王)・家持	

〃 八、二、二三	式部少丞大伴池主宅	大原今城
〃 九、三、四	兵部大丞大原今城宅	家持・大原今城・(藤原執弓)
〃 九、六、二三	大監物三形王宅	家持

註(1)家持が越中より帰京後の勝宝三年十月から、奈良麻呂の変が起る勝宝九年（天平宝字元）七月までの年表である。(2)この間に家持は少納言から兵部少輔となり、奈良麻呂の変後、同年十二月以前に右中弁となる。(3)＊印の橘諸兄は山田御母宅の宴の主催者であるが、歌の記載はない。＊＊印の家持は、「後の日」に追和した作歌があり、当日の作歌の記載はない。(4)「参会の作歌者」の欄の（ ）は、その中の人物は出席せず、作歌だけが披露されたことを示す。

家持と橘奈良麻呂の関係

右の表を見ると、岸氏が指摘する通り家持と橘諸兄との親交はつづいており、奈良麻呂との関係も深まったことが知られる。勝宝四年十一月、同五年二月の諸兄の宅での宴に出席し、諸兄が主催した山田御母《みおも》宅での宴にも姿を見せている。山田御母は本名山田史女嶋《ひめしま》といい、勝宝七年正月に山田御井宿禰の姓を賜わっているが、天平宝字元年八月の勅に「阿嬭《めのと》の労有るに縁りて、褒めて宿禰の姓を賜えり」とある（続日本紀）。阿嬭は乳母のことで、孝謙に乳母として仕えた女性であるが、諸兄の庇護をも受けていたのであろう。右の勅の後半では、御母は奈良麻呂反乱の陰謀を知っていながら、匿して奏しなかったことを責め、御母の名を奪い、旧姓の山田史に戻している。おそらく諸兄または奈良麻呂からクーデター計画に誘われたのであろう。

家持はそうした御母の宅にも参会しているのである。

奈良麻呂とは年齢が近いこともあって親交を結んだのであろう。勝宝四年十一月、但馬按察使として出発する奈良麻呂を送る宴が林王の宅で行なわれたとき、出席した家持は、

白雪の降り敷く山を越え行かむ君をそもとな息の緒に思ふ　（巻十九―四二八一）

と詠じ、勝宝七年五月十八日に奈良麻呂の宅の宴では、

美《うるは》しみ我が思ふ君はなでしこが花になそへて見れど飽かぬかも　（巻二十―四四五一）

と歌っている。同年十一月二十八日の奈良麻呂宅の宴には家持の作は記されていないが、諸兄は出席・作歌しており、家持と橘諸兄父子との結合が堅いことが想像される。

その他にもこの表に見えて、諸兄・奈良麻呂・家持と交流のあったことの知られる人物には、奈良麻呂の変にかかわる人物が多い。すでに指摘されていることだが、道祖王と大伴古麻呂は変に連座して捕らえられ、拷問により「杖下に」死に、安宿王は佐渡へ、多治

比国人は伊豆へ、大伴古慈斐は土佐へ、それぞれ配流され、多治比鷹主・大伴池主は奈良麻呂に加担したとして逮捕投獄された。石上宅嗣は時期は明らかでないが、仲麻呂を除くことを家持らと計ったが、露見して失敗した。中臣清麻呂は奈良麻呂の変には加担しなかったようだが、のち天平宝字八年の仲麻呂（恵美押勝）の変には鎮圧の功によって賞されているので、反仲麻呂派と見られる。

家持、挙兵計画から脱落

こうした奈良麻呂との関係や交友のようすを見ると、家持が親奈良麻呂・反仲麻呂派であったことは明らかである。勝宝六年四月から宝字元年にかけて家持が兵部少輔であり、そのころ奈良麻呂が兵部卿であったことも、両者の接触を深めたであろう。奈良麻呂が仲麻呂打倒のクーデターを計画したとき、彼は当然家持に期待したにちがいない。

しかし家持は期待にこたえなかった。

家持が奈良麻呂のクーデター計画から手を引き、彼と袂をわかつ決心をするまでには、かなりの期間苦慮したと思われる。奈良麻呂からしばしばクーデターへの参加を要請された佐伯宿禰全成《またなり》の告白などによれば、奈良麻呂は実際に決起しようとした宝字元年七月までに、天平十七年と勝宝元年と勝宝八年との少なくとも三度、クーデターを起す計画を立てている。家持も奈良麻呂が早くからクーデター計画を立てていたことは知っていたにちがいない。

全成は勝宝元年閏五月に陸奥介の地位にあり、以来引きつづき陸奥国に在任していたらしく、勝宝八年四月に黄金《こがね》をもたらして入京した時、クーデターに誘われた。このころ家持も誘引を受けて断ったのではなかろうか。

ほぼこのころ、続日本紀の八年五月十日条に、

出雲国守従四位上大伴古慈斐《こじひ》・内竪《ないじゆ》淡海真人三船《あうみのまひとみふね》、朝廷を誹謗し、人臣の礼无《な》きに座し、左右衛士府に禁ぜらる。

とある。しかし証拠が不十分であったのか、三日後の十三日に二人とも放免された。これで罪にはならなかったが、古慈斐は出雲守の地位を失ったであろう。このころ古慈斐は大伴氏のなかでは、従三位の兄麻呂、正四位下の古麻呂につぐ高位にあった。この一族中の有力者が、いったんは朝廷誹謗の罪に座したことは、家持にとって大きなショックであったと思われる。

家持の「族を喩す歌」

この事件が契機になって家持は長歌「族を喩《さと》す歌」と反歌二首を作り、一族のものに軽挙妄動して輝かしい大伴の歴史をけがさないように戒めるが、それは同時に彼自身が奈良麻呂の画策する政治運動からの離脱を意味するであろう。彼は多年の盟友に別れを告げたのである。つぎに少々長いけれど、その「喩族歌」（「族を喩す歌」）を掲げる。

族を喩す歌一首 并せて短歌

ひさかたの　天の門《と》開き　高千穂の　岳に天降《あも》りし　皇祖《すめろき》の　神の御代より　はじ弓
を　手握り持たし　真鹿児矢《まかごや》を　手挟み添へて　大久米の　ますら猛男《たけを》を　先に立て
靫《ゆき》取り負はせ　山川を　岩根さくみて　踏み通り　国まぎしつつ　ちはやぶる　神を
言向け　まつろはぬ　人をも和《やは》し　掃き清め　仕へ奉《まつ》りて　秋津島　大和の国の　橿
原の　畝傍の宮に　宮柱　太知り立てて　天の下　知らしめしける　天皇《すめろぎ》の　天の日《ひ》
嗣《つぎ》と　継ぎて来る　君の御代御代　隠さはぬ　赤き心を　皇辺《すめらへ》に　極め尽くして　仕
へ来る　祖の職《つかさ》と　言立てて　授けたまへる　子孫《うみのこ》の　いや継ぎ継ぎに　見る人の
語り次てて　聞く人の　鑑にせむを　あたらしき　清きその名そ　おぼろかに　心思

ひて　虚言《むなごと》も　祖の名絶つな　大伴の　氏と名に負へる　ますらをの伴
磯城島《しきしま》の大和の国に明らけき名に負ふ伴の緒心努めよ
剣大刀いよよ磨ぐべし古《いにしへ》ゆさやけく負ひて来にしその名そ

右、淡海真人三船の讒言《ざんげん》に縁りて、出雲守大伴古慈斐宿禰任を解かる。ここを以て家持この歌を作る。

（巻二十—四四六五〜四四六七）

この歌の左注にみえる事件は、前述の続日本紀勝宝八年五月条にみえるものと同じ事件であると思われるが、続日本紀では古慈斐と三船はともに誹謗の罪に坐したものとして同列に記しているのに、万葉集左注では、古慈斐は三船の讒言《ざんげん》によって罪におちたように記している。この矛盾をどう解釈するかは議論の多いところである。諸説それぞれ一長一短で結論は出ていないが、私は家持が同族の古慈斐に同情し、また大伴一族の名誉を守るためにこのように記したと解したい。

歌の趣旨は、長歌の終りのほうに「あたらしき清きその名そ　おぼろかに心思ひて　虚《むな》言も祖の名絶つな（大意、〈大伴の名は〉汚れのない立派な家名である。ゆめ、おろそかに思って、かりそめにも祖先の名を絶ってはならない」〈日本古典文学大系『万葉集』〉」とあることでわかる。一部勢力の煽動に乗って家名を落してはいけない、と言っているのであって、さきに述べたように奈良麻呂との訣別をも明らかにした歌である。

無常を悲しむ歌と寿を願う歌

この「喩族歌」がいつ作られたかは、これに続くつぎの三首の歌の左注でわかる。

病に臥して無常を悲しび、道を修めむと欲《おも》ひて作る歌二首

うつせみは数なき身なり山川のさやけき見つつ道を尋ねな

渡る日の影に競ひて尋ねてな清きその道またも会はむため

寿を願ひて作る歌一首

水泡《みつぼ》なす仮れる身そとは知れれどもなほし願ひつ千年の命を

以前の歌六首、六月十七日に大伴宿禰家持作る。

（巻二十―四四六八〜四四七〇）

左注の「以前の（以上の、意）歌六首」は、「喩族歌」の三首とここに記した三首とのこ

とだから、「喩族歌」も勝宝八年六月十七日に作られたことになる。しかし五九句から成るかなり長い喩族歌の長歌を含めて、六首全部を六月十七日だけで作るのは、おそらく不可能であろう。長さだけでなく、内容も「喩族歌」三首は大伴氏の輝かしい伝統をかえりみて、一族のものに自重を求めた政治的内容の歌であるのに対し、あとの三首はともに無常感を基底として、脱俗・求道を願う歌（二首）と自分ひとりの長寿を願う歌（一首）よりなり、いわば非政治的な歌である。このように傾向のことなる歌を同じ日に量産することは、いくら才能のある歌人でもたいへん困難である。

おそらく家持は古慈斐・三船の事件が契機となって、五月十日後いくばくもなく「喩族歌」を構想・着手し、その制作が一段落してからあとの三首を作り、両者を推敲して完成したのが六月十七日であったのであろう。しかしなぜ家持は族長的立場から族人を喩す政治的・氏族的な歌と、個人の立場から求道と長寿を願う歌を、同時にまたはあいついで作ったのであろうか。もちろんこの両者には政治の実際行動から手を引くという共通性があるが、どういうわけで結果において盟友奈良麻呂をうらぎる決断をしたのであろうか。つぎにこれらについて私見を述べる。

家持が挙兵計画から引退した理由

家持が仲麻呂打倒の運動から手を引いたのは、要するにその運動――クーデター――の成功が期しがたい、むしろ失敗の危険が多いと見きわめたからであろう。しかしその危険は、権力の中枢にある者への抵抗であるからはじめからわかっていたはずである。なぜ勝宝八年五月・六月の段階で、いままで積みあげてきた運動を見かぎったかである。

その理由の一つはやはり古慈斐逮捕の一件であろう。さきにもふれたように古慈斐は大伴氏の有力者であるだけでなく、不比等の娘を妻とし（続日本紀古慈斐薨伝）、藤原氏との関係も浅くはなかった。それでも体制側の権力が発動すればたちまち拘禁の憂きめにあうことが、「家持を極度な不安におとしいれた」（北山茂夫『大伴家持』平凡社）と思われることである。

つぎに家持と従兄弟の関係にある大原今城の影響を指摘する説（岸俊男「天平政界と家持」〈前掲〉）もある。今城は穂積親王と大伴旅人の妹の坂上郎女の間に生れ、はじめ今城王といったが、のち大原真人の姓を賜わった。のち仲麻呂の乱に坐して官位を奪われたらしいから、仲麻呂派の人物と考えられる。この人物がさきの表にみえるように勝宝七年五月九日の大伴家持宅の宴に姿を見せている。官職も勝宝八年三月以前に兵部大丞になっているから、このころ兵部少輔か大輔に進んだ家持とは官職の関係でも接触が多かったであろう。両者の関係は「喩族歌」の書かれた勝宝八年六月以後もつづいている（前掲「表」参照）。

第三に勝宝八年五月二日の聖武天皇の逝去が家持に深い衝撃を与えたことを重視する説がある。これは伊藤博氏の説（『万葉集釈注』）であるが、伊藤氏は「喩族歌」にはじまる六首の歌群が「聖武天皇の死に対する深い悲しみを背景とするもの、いわば聖武朝という時代への挽歌」と思われるとする。忠誠心の厚い家持にとっては、喪葬令の規定に「服紀（喪に服する期間）は、君・父母及び夫・本主には一年」とあるように、一年間は諒闇・服喪の期間であって、流血の惨劇をともなうクーデターなどはもっての外である。このことが家持に奈良麻呂の計画から離脱する決心を固めさせたのではあるまいか。

第四に私は、勝宝八年二月に諸兄が致仕（辞職）したことも理由の一つではないかと思う。致仕は前年の勝宝七年十一月、聖武が病床にあったとき、「大臣飲酒の庭にして、言辞礼无し、稍《やや》に反状有り」と密告されるのが原因である（続日本紀宝字元年六月条）。その事情、また密告内容の実否を家持がどこまで知っていたかはわからないが、若年期から二〇年近く全幅の信頼を寄せていた諸兄の引退は、家持を深く落胆させたであろう。奈良麻呂との交友も、実は諸兄あってのことである。

これからは家持より三歳若い奈良麻呂が、事を起すときの中心人物になる。若いだけでなく、橘家の御曹司として育った奈良麻呂は反乱という大きな事を起す場合の統領としての器量に欠けていたようである。人を惹きつける度量と魅力にあわせて緻密な計画性が必要であるが、クーデター失敗にいたる経過を続日本紀でみる限り、とくに後者に足りなかったと思われる。さきにふれた通り、家持は兵部省の卿（奈良麻呂）と少輔（家持）の関係で接触が多かっただけに、しだいに奈良麻呂の欠点がわかり、ともに事を起す気が薄れていったのであろう。

政治か風雅か
――家持の悩み

これらのさまざまの理由が重なって、家持は奈良麻呂と袂を分かつ決心をしたのであろう。それは多年の盟友としての信頼関係の破棄である。また「喩族歌」を書いて一族の者たちに自重を求めても、奈良麻呂とともに危険な道に進む者は少なくあるまい。元来家持の心中には、風雅を宗《むね》としようとする消極性と、政治に身を投じようとする積極性とが相剋していた。彼はそれに結着をつけて政治から身を引いたのであるが、それで彼の悩みが消えたわけではない。「病に臥して無常を悲び、道を修めむと欲して作る歌」以下の三首は、その悩みのなかから生れた歌であろう。「病に臥して」とあるが、心の悩みが病気の原因ではあるまいか。

それはともあれ、政治の渦中からのがれようとする姿勢は、現実をいとわしい、わずらわしいとする心に通ずる。「喩族歌」を作って政治から逃避したつぎに、「無常を悲しび、道を修めむと」欲する歌を作るのは、当然の心の動きである。しかし家持は現実世界に未練があった。そこから「寿を願ひて作る歌」が生れたのであろう。これら六首の歌が成った六月十七日は、聖武太上天皇の七七忌の法会が藤原氏の氏寺の興福寺で僧・沙弥千百余人を集めて盛大に行なわれた六月二十一日の四日前である。

それから半年あまりのちの天平宝字元年正月六日、諸兄が七十四歳で没した。奈良麻呂はこの年の七月はじめを決起の日として準備を進めたが、六月にはその情報は右大弁巨勢朝臣堺麻呂の密奏で仲麻呂の耳にはいり、同月二十八日に但馬守山背王、七月二日に中衛《ちゅうえ》舎人上道臣斐太都《とねりかみつみちひだつ》の密告があった。このため奈良麻呂の計画は事を起す以前に露見し、奈良麻呂以下一味同志の人はいっせいに逮捕・投獄され、計画はあえなく挫折、多くの人びとが獄死・配流、あるいは自殺した。

この変の起る一〇日ほど前の六月二十三日、家持は三形《みかた》王の宅の宴でつぎの歌を詠んだ。

移りゆく時見るごとに心痛く昔の人し思ほゆるかも　（巻二十―四四八三）

昔の人とは聖武や諸兄をさすのであろうか。「移りゆく時」は仲麻呂へ傾いてゆく時勢をいうのか。家持の胸中に去来する思いは深刻であったであろう。

万葉歌の変遷と伝統――エピローグ

万葉集の歌風の変化

有間皇子・額田王の七世紀中ごろから大伴家持にいたる約一世紀の間、万葉集にみえる数多くの歌人のうちから当時の歴史、とくに政治史とかかわりのある人をえらび、歌を通してその人の生き方と政治の動きを考えてみた。その作業によっていままで十分注意されなかった歴史の一面を明らかにするとともに、歌の持つ意味や作家の心理に立ちいろうとしたのである。その試みが成功したかどうかは読者の判断にまつほかないが、万葉百年の歴史をふりかえってみて、歌風が大きく変ったことを改めて強く感じた。それはいままで多くの先学によって論じられ、私自身も述べたことがある（拙稿「文芸の創始と展開」拙著『夜の船出』塙書房）。旧稿と多少重複するが、今度感じたところを記して、「まとめ」に代える。

目につくのは、七世紀中ごろから八世紀初頭にかけての初期万葉の場合、この時期を代表する歌人である額田王・柿本人麻呂の代表作は、祭祀・行幸・葬喪などの公的儀礼やそれにともなう宴会で詠じられたと思われるものが多い。

額田王の「熟田津に」(巻一―八)・「三輪山を」(巻一―一八)は祭祀にかかわる歌、「あかねさす」(巻一―二〇)は狩りのあとの宴席の歌、長歌の「冬ごもり春さりくれば」(巻一―一六)は宮中の詩歌の会での歌と考えられる。人麻呂の代表作としては、なんといっても吉野行幸に供奉しての讃歌(巻一―三六～三九)、高市皇子や草壁皇子への挽歌(巻二―一九九～二〇一、一六七～一六九)・軽皇子の安騎野遊猟に供奉しての歌(巻一―四五～四九)などがまず思い起されるが、いずれも儀礼の歌または遊猟後の宴会で詠ぜられた歌であろう。妻の死後、泣血哀傷して作った歌(巻二―二〇七～二一二)や石見国より上京する時の歌(巻二―一三一～一三七)なども、個人詠ではなく、宮廷の官人の多数集まるしかるべき場で発表することを予定して作られた歌であろう。

このころでも純粋の相聞歌のように、公開の場、公衆の前で発表することを考えずに作る歌もあったであろう。額田王が晩年、吉野から弓削皇子の送った歌に答えた「古に恋ふらむ鳥はほととぎすけだしや鳴きし我が恋ふるごと」（巻二―一一二）の歌などは、公開を考えずに作った歌かもしれない。しかし万葉集に関する限り、歌の主流は儀礼の歌、宴席の歌であり、多くの人びとともに楽しみ、時には悲しむ歌であったと思う。

おそらく初期万葉の歌には、その一時代前村落の共同体の人びとが、国見や新室《にいむろ》落成の祝いの歌、収穫祭の神への感謝の歌、葬儀における鎮魂の歌、歌垣での掛け合いの歌等を皆で歌い、皆で楽しみ悲しんだ伝統が存したのであろう。

七世紀中葉以降、中央集権の古代国家が形成され、天皇の住む皇居と朝廷を中心に支配のための官衙が建設されて、貴族・官人が集住すると、農村・山村とは性格のちがう都市が成立する。そこに住む人びとの感情は、直接生産に従事する村落共同体のそれとは異なってくる。その要望にこたえ、またアッピールして作られるのが額田や人麻呂の歌である。けれども都市に住む第一世代の人びとは、農・山村的生活を体験し、その性格を多く残していた。初期万葉の歌が都会的でありながら、仲間同志で享受されたのは、都市の貴族・官人らがこの共同体的性格を併せ持っていたことが理由の一つであろう。

村落共同体の歌から都市生活による独詠歌へ

しかし時代は移る。天平八年（七三六）ごろ以降の万葉第四期になると、作者も読者・聴衆も幼年期以来平城京育ちがふえてくる。それに応じて独詠歌がふえ、儀礼歌・挽歌や宴席の歌よりも独詠歌にすぐれたものが見られるように思われる。万葉集に長歌四六・短歌四三一・施頭歌・連歌各一、計四七九首ともっとも多くの歌を載せる大伴家持は、第四期の歌人だが、その代表作は、

春の野に霞たなびきうら悲しこの夕影《ゆふかげ》にうぐひす鳴くも
我がやどのいささ群竹《むらたけ》吹く風の音のかそけきこの夕かも
うらうらに照れる春日にひばり上り心悲しも一人し思へば
（巻十九―四二九〇〜四二九二）

とするのがほとんど定説で、私もそう考えてよいと思う。作歌の年時は勝宝五年（七五三）二月（前二首は二十三日、後一首は二十五日）である。勝宝五年とその前後の時期には、大伴古慈斐・橘諸兄・林王・山田御母の宅や自分の家での宴に出席して作歌しているが、

もっとも秀れた歌は独詠歌に見られるのである。

それは律令体制が整って社会がいちおう安定し、文化が発展したことにもとづく個性の発達と関係があるだろう。

そうした個性の発達は、奈良時代前期の万葉第三期ごろ（天平八年ごろまで）から顕著になると思われる。たとえば山上憶良であるが、天平二年正月、大宰帥大伴旅人の宅に大宰府の官人や管下諸国の国司が集って宴《うたげ》が催され、一人一首ずつ計三二首の歌が披露されたとき、憶良の作は、

春されば先づ咲く宿の梅の花ひとり見つつや春日暮らさむ　（巻五―八一八）

である。こんな宴会でかしこまっているより、ひとりでゆっくり自分の家で花見をしたい、というのである。参会者がすべて、少なくとも表面上は帥の宴に招かれたことを喜んでいるなかで、異色の歌である。独詠歌ではないが、はっきりとした自己主張を持って歌っている。

社会批判と社会離脱の歌

自己の立場が確立すると社会の矛盾がみえてくる。憶良は「富人《とみひと》の家の子どもの着る身なみ腐《くた》し捨つらむ絁綿《きぬわた》らはも」（巻五―九〇〇）というような社会批判の歌を詠み、「貧窮問答歌」（巻五―八九二）の作成にいたる。この歌についてはさきにふれたことがある（一四八ページ）ので、内容について述べることは省略するが、ひとつだけ注意しておきたいのは、「我よりも貧しき人」の父母や妻子など、家族のことが詠みこまれていることである。

憶良は家族を思う人であった。さきにふれた「罷宴歌」（一三二ページ）でもそうであるが、有名な「子等を思ふ歌」（巻五―八〇二）をはじめ子を歌った歌は他にもある。愛情の対象として妻または夫を歌う相聞歌は万葉集に少なくないが、それ以外の家族を歌った歌は、にわかに家族と引きはなされて筑紫へ行かねばならなかった防人を除いては、そんなに多くはあるまい。私は憶良の歌によって、個性の発達を支えるものとして、夫婦中心の小家族が都市生活の中で確立してくることを認めたい。憶良はその家族の大切さを敏感に感じ取ったのであろう。

旅人もまた妻を大切に思う人であった。筑紫で妻を失い、天平二年十二月に奈良の旧宅に帰った時の歌三首の第二首に、

妹として二人作りしわが山斎《しま》は木高く繁くなりにけるかも　（巻三―四五二）

と詠んでいる。夫婦共同の労働を歌った歌は東歌など農民にまま見られるが、中級以上の貴族・官人で家庭での妻の作業を詠んだ歌は少ないのではなかろうか。そのほかにも旅人は、万葉集にきわめて特色のある歌を残す歌人であった。

旅人の特色は憶良とはちがって、社会の批判といった現実へは向かわない。むしろ現実を逃避・離脱する方向を取る。それはたとえば、文芸の力によって架空の理想郷を築き、そこに遊んでひとときの現実の煩いを忘れようとするもので、漢文の序と短歌一一首（巻五―八五三～八六三）から成る「松浦河に遊ぶ」はその代表作である。あるいは「今の世にし楽しくあらば来む世には虫にも鳥にも我はなりなむ」（「酒を讃むる歌」〈巻三―三三八～三五〇〉のうち）の歌にみるように、享楽主義を標榜する。

家持の孤独と和歌の伝統

万葉第三期は、正統派ともいうべき柿本人麻呂の伝統をつぐ山部赤人らの流れのほかに、山上憶良や大伴旅人などさまざまの特色を持つ歌人が輩出した。第四期の歌人はそれらの流れの影響のもとに、新生面をひらくのに努力し、苦心したといってよかろう。家持は「やまとうた」の正統が「山柿の門」

(柿本人麻呂と山部赤人の流れ)にあることを意識しながらも、憶良のように現実との矛盾に悩み、旅人のように現実からの逃避を夢みた。

家持は橘諸兄や奈良麻呂とともに政治運動にはいろうとした時期もあったようだが、結局は政治を棄てて現実離脱の方向に進む。衆を離れて孤独の道を歩む。そうして万葉第四期の到達点といわれる「春の野に霞たなびきうら悲し」以下の三首(前掲、一九〇ページ)が生れるのである。私はかつてこの歌を評して「額田王・人麻呂以来の一〇〇年の歌の歴史をうけつぎ、『古今集』への道をひらくものであった」と言った(前掲「文芸の創始と展開」)。

この考えは今も変らない。王朝の和歌は家持から現実逃避・現実脱離の性格も引きついだように思われる。

しかしもし家持が、現実と切り結ぶことを志向して奈良麻呂と行をともにしていたら、奈良麻呂の変によって没落したにちがいなく、後世の私たちは万葉集をいまのような形で見ることは不可能であったにちがいない。

参考文献

(1)万葉集の注釈書・研究書はきわめておびただしく、万葉研究の専門家でない私が目にしたものは、限られている。ここには私が主として参考とした万葉集全体の注釈書を挙げる。それらを読むと、主要な参考文献を知ることができる。直接参照した論考は本文中に記した。

土屋文明『万葉集私注』全十巻（筑摩書房）
日本古典文学大系『万葉集』全四巻（岩波書店）
澤瀉久孝『万葉集注釈』全二十巻（中央公論社）
日本古典集成『万葉集』全五巻（新潮社）
伊藤博・稲岡耕二他『万葉集全注』全二十巻〈一部未刊〉（有斐閣）
伊藤博『万葉集釈注』全十一巻（集英社）

(2)注釈書以外で万葉集全体について参考としたものにつぎの二冊がある。

澤瀉久孝・森本治吉『作者類別年代順万葉集』全一冊（新潮社）
土屋文明『万葉集年表』全一冊（岩波書店）

(3)本書と関係する筆者の論著にはつぎのものがある（多くは本文中にも記した）。

「文芸の創始と展開」（拙著『夜の船出――古代史からみた万葉集』塙書房）
「宴げと笑い――額田王登場の背景――」（拙著『夜の船出』前掲）

「額田王再考」（小島憲之先生追悼記念『万葉集研究』第二四集、塙書房）
「河嶋皇子の悩み――天武の宮廷に生きた天智の皇子――」（拙著『飛鳥――その光と影――』）（吉川弘文館）
「忍壁皇子」（拙著『飛鳥奈良時代の研究』塙書房）
「志貴皇子の憬び」（『国史大辞典』一三巻月報、吉川弘文館）
「長屋王の変について」（拙著『奈良時代史の諸問題』塙書房）
「天武十六年の難波遷都をめぐって――元正太上天皇と光明皇后――」（拙著『飛鳥奈良時代の研究』前掲）
「元正太上天皇と橘諸兄」〈前掲「天平十六年の難波遷都」付論〉（拙著『飛鳥奈良時代の研究』前掲）
「橘諸兄と元正太上天皇――天平十八年正月の大雪の日における――」（拙著『夜の船出』前掲）
「天平十八年の任官記事をめぐって――天平期政争史の一面――」（拙著『夜の船出』前掲）
「大伴家持論」（拙著『古代史の人びと』吉川弘文館）
「大伴家持の喩族歌と無常歌――天平勝宝八年六月十七日の歌――」（拙著『夜の船出』前掲）

あとがき

私が万葉集に親しみを持ったはじまりは、中学三年のときに中臣鎌足の「我はもや安見児得たり皆人の得がてにすといふ安見児得たり」（巻二―九五）の歌を読んだことにある。鎌足といえば、中大兄皇子を助けて蘇我氏本家を亡ぼし、大化の新政を推進した辣腕《らつわん》の政治家である。こんな素直な歌を作るとは思いがけなかった。また千三百年以上前の歌なのに中学生でも理解できるのも、新鮮な驚きであった。

それから私は国語の勉強にもなると思って万葉集の入門書や注釈書を二、三読んでみた。いま思い出すのは、佐佐木信綱の『万葉読本』、斎藤瀏《りゅう》『万葉集名歌鑑賞』、島木赤彦『万葉集の鑑賞及び其批評』などである。中学を卒業して浪人している時に読んだ岩波文庫の『伊藤左千夫歌論集』は万葉集のことだけを論じた本ではないが、歌の味い方、作り方の上ではたいへん教えられ、万葉集を読む上で大いに役立った。

こうした私と万葉集とのその後のかかわりは、拙著『夜の船出――古代史からみた万葉集――』（塙書房）の「あとがきに代えて」に記したので省略する。旧制高校に入学してからは、将来国文学を専攻しようと思った時期もあったが、日本古代の歴史や美術への関心が深まり、京都大学文学部に進んで日本古代史を専攻することとなった。その経緯は拙著『わたしの法隆寺』（塙書房）に書いたが、古代史を勉強しながらも、万葉集のことはつねに念頭にあった。「上代神祇思想の一考察」という題の卒業論文に着手したときは、万葉集を手がかりにして古代人の神観念や神の祭りかたを考えた。

万葉集を学ぶ上でたいへん幸いであったことは、その後戦争や大学院への復学などを経て一九五〇年に教員として大阪市立大学に採用されたとき、同じ職場に小島憲之先生がおられたことである。先生には大学院在学の時から親しくしていただいたが、職場を同じくするようになってからはいっそう御指導・御誘引を賜わった。一九五三年刊の『万葉集大成』第八巻に「万葉集と農耕」を発表できたのは小島先生の御推薦による。これは後に拙著『奈良時代史の諸問題』に収めたが、私としては万葉集に直接関係する論文の第一号である。一九七五年に万葉学会全国大会が大阪市立大学で開催された時、「宴げと笑い――額田王登場の背景――」という講演を行なわせていただいたが、もちろん小島先生のおすすめによる（講演内容は書き直して前記『夜の船出』に収める）。

伊藤博氏が学位請求論文を大阪市立大学に提出された時は、主査の小島先生のもと、副査に選ばれ、第一線の万葉学者の労作に接する機会を与えていただいた。最終試験である口頭試問は約五時間に及び、陪席の私も万葉の学の厳しさを先生から直接教えられて身の引き締る思いがした（伊藤氏『万葉集の構造と成立』下〈塙書房〉の「あとがき」参照）。

本書も先生に献呈して御批判を受けたい思いが強いが、先生は一昨年二月に逝去された。まことに痛恨に耐えない。伊藤博氏は昨年三月、『万葉集釈注』全十一巻（集英社）の大著を完成され、拙著を成すに際したいへん恩恵をこうむった。厚く御礼を申上げる。

その他に謝意を表すべき方は多いが、失礼ながら省略させていただく。

なお本書は、プロローグに書いたように、国文学や国語学の古典として貴重であるだけでなく、歴史学の史料としても有用であるという観点から筆を起したのだが、書き終ってみると、やはり万葉の専攻者でないために文学的・語学的研究の不足を痛感する。おそらくこの方面の専攻の方々から見れば、不備不足の点が多いにちがいない。叱正を得ることができれば幸いである。

二〇〇〇年二月一八日

直木孝次郎

著者紹介

一九一九年、兵庫県生まれ
一九四三年、京都帝国大学文学部国史学科卒業
元大阪市立大学教授
二〇一九年没

主要著書
日本古代国家の構造　持統天皇　日本古代の氏族と天皇　飛鳥奈良時代の研究　夜の船出　難波宮と難波津の研究　飛鳥奈良時代の考察　神話と歴史　飛鳥　額田王　直木孝次郎古代を語る(十四巻)

歴史文化ライブラリー
94

万葉集と古代史

二〇〇〇年(平成十二)六月一日　第一刷発行
二〇二二年(令和四)三月二十日　第七刷発行

著者　直《なお》木《き》孝《こう》次《じ》郎《ろう》

発行者　吉川道郎

発行所　株式会社 吉川弘文館
東京都文京区本郷七丁目二番八号
郵便番号一一三―〇〇三三
電話〇三―三八一三―九一五一〈代表〉
振替口座〇〇一〇〇―五―二四四
http://www.yoshikawa-k.co.jp/

印刷＝株式会社 平文社
製本＝ナショナル製本協同組合
装幀＝山崎　登

ISBN978-4-642-05494-2

歴史文化ライブラリー

1996.10

刊行のことば

現今の日本および国際社会は、さまざまな面で大変動の時代を迎えておりますが、近づきつつある二十一世紀は人類史の到達点として、物質的な繁栄のみならず文化や自然・社会環境を謳歌できる平和な社会でなければなりません。しかしながら高度成長・技術革新にともなう急激な変貌は「自己本位な刹那主義」の風潮を生みだし、先人が築いてきた歴史や文化に学ぶ余裕もなく、いまだ明るい人類の将来が展望できていないようにも見えます。このような状況を踏まえ、よりよい二十一世紀社会を築くために、人類誕生から現在に至る「人類の遺産・教訓」としてのあらゆる分野の歴史と文化を「歴史文化ライブラリー」として刊行することといたしました。

小社は、安政四年(一八五七)の創業以来、一貫して歴史学を中心とした専門出版社として書籍を刊行しつづけてまいりました。その経験を生かし、学問成果にもとづいた本叢書を刊行し社会的要請に応えて行きたいと考えております。

現代は、マスメディアが発達した高度情報化社会といわれますが、私どもはあくまでも活字を主体とした出版こそ、ものの本質を考える基礎と信じ、本叢書をとおして社会に訴えてまいりたいと思います。これから生まれでる一冊一冊が、それぞれの読者を知的冒険の旅へと誘い、希望に満ちた人類の未来を構築する糧となれば幸いです。

吉川弘文館